林格伦作品选集·美绘版

亲爱的所有中国孩子:

  我多么想给你们每一个人都直接写信,表达对你们阅读我的书的喜悦。但是此时此刻,我只能说:祝你们阅读愉快。继续读吧,直到把我的书全部读完。

致热烈的问候!

阿斯特丽德·林格伦

LINGELUN
CHAONAOCUNDEHAIZI
MeiHuiBan

吵闹村的孩子

〔瑞典〕阿斯特丽德·林格伦 ◆ 著
〔瑞典〕英格丽德·万·尼曼 ◆ 画
李之义 ◆ 译

中国少年儿童新闻出版总社
中国少年儿童出版社
北 京

LINGELUN
CHAONAOCUNDEHAIZI
MeiHuiBan

吵闹村的孩子

林格伦作品选集【美绘版】

〔瑞典〕阿斯特丽德·林格伦 ◆ 著
〔瑞典〕英格丽德·万·尼曼 ◆ 画
李之义 ◆ 译

原版书名：**Bullerbyboken** (Alla vi barn i Bullerbyn, Mera om oss barn i Bullerbyn, Bara roligt i Bullerbyn);
原出版人：Rabén & Sjoegren Bokförlag AB, Stockholm, Sweden
ⓒ Saltkrakan AB / Astrid Lindgren 1961 (1947, 1949, 1952);
Illustrations ⓒ Ingrid Vang Nyman
All foreign rights are handled by Saltkrakan AB, Sweden, info@saltkrakan.se
For information about Astrid Lindgren's books, see www.astridlindgren.com

图书在版编目（CIP）数据

吵闹村的孩子 /（瑞典）林格伦（Lindgren,A.）著；李之义译．—北京：中国少年儿童出版社，2009.10（2025.8 重印）
（林格伦作品选集）
ISBN 978-7-5007-9408-0

Ⅰ．吵… Ⅱ．①林…②李… Ⅲ．儿童文学 - 长篇小说 - 瑞典 - 现代 Ⅳ．I532.84

中国版本图书馆 CIP 数据核字 (2009) 第 173854 号
著作权合同登记　图字：01-2017-6635

CHAO NAO CUN DE HAI ZI
（林格伦作品选集）

出 版 发 行：	中国少年儿童新闻出版总社 中国少年儿童出版社
执行出版人：	马兴民
责任出版人：	缪 惟

策　　划：	徐寒梅　缪　惟　高秀华	装帧设计：	缪　惟
责任编辑：	徐寒梅　缪　惟　高秀华　安今金	责任校对：	尤根兴
美术编辑：	缪　惟	责任印务：	厉　静

社　　址：	北京市朝阳区建国门外大街丙 12 号	邮政编码：	100022
总 编 室：	010-57526070	发 行 部：	010-57526568
官方网址：	www.ccppg.cn	编 辑 部：	010-57526320

印刷：北京华宇信诺印刷有限公司	
开本：880mm×1230mm　1/32	印张：9.5
版次：2009 年 10 月第 1 版	印次：2025 年 8 月第 35 次印刷
字数：160 千字	印数：292001-295000 册
ISBN 978-7-5007-9408-0	定价：29.80 元

图书出版质量投诉电话：010-57526069　　电子邮箱：cbzlts@ccppg.com.cn

林格伦作品选集
LINGELUN ZUOPINXUANJI

序

在当今世界上,有两项文学大奖是全球儿童文学作家的梦想:一项是国际安徒生文学奖,由国际儿童读物联盟(IBBY)设立,两年颁发一次;另一项则是由瑞典王国设立的林格伦文学奖,每年评选一次,奖金500万瑞典克朗,是全球奖金额最高的奖项。

瑞典儿童文学大师阿斯特丽德·林格伦女士(1907—2002),是一位著作等身的国际世纪名人,被誉为"童话外婆"。林格伦童话用讲故事的笔法、通俗的风格和神秘的想象,使作品充满童心童趣和人性的真善美,在儿童文学界独树一帜。1994年,中国少年儿童出版社把引进《林格伦作品集》列入了"地球村"图书工程出版规划,由资深编辑徐寒梅做责任编辑,由新锐画家缪惟做美编,并诚邀中国最著名的瑞典文学翻译家李之义做翻译。在瑞典驻华大使馆的全力支持下,经过5年多的努力,1999年6月9日,首批4册《林格伦作品集》(《长袜子皮皮》《小飞人卡尔松》《狮心兄弟》《米欧,我的米欧》)在瑞典驻华大使馆举行了首发式,时年92岁高龄的林格伦女士还给中国小读者亲切致函。中国图书市场对《林格伦作品集》表现了应有的热情,首版5个月就销售一空。在再版的同时,中国少年儿童出版社又开始了《林格伦作品集》第二批作品(《大侦探小卡莱》《吵闹村的孩子》《疯丫头马迪根》《淘气包埃米尔》)的翻译出版。可是,就在后4册图书即将出版前夕,2002年1月28日,94岁高龄的阿斯特丽德·林格伦女士

在斯德哥尔摩家中，在睡梦中平静去世。2002年5月，中少版《林格伦作品集》第二批4册图书正式出版。至此，中国少年儿童出版社以整整8年的时间，完成了150万字之巨的《林格伦作品集》8册的出版规划，为广大中国少年儿童读者奉献了一套相对完整、系统的世界儿童文学精品巨著，奉献了一个美丽神奇的林格伦童话星空。

由地球作为载体的人类世界是千姿百态、丰富多彩的。可以是物质的，也可以是精神的；可以是科学的，也可以是文学的。少年儿童作为人类的未来和希望，从小就应该用世界文明的一流成果来启蒙，来熏陶，来滋润。让中国的少年儿童从小就拥有一个多彩的"文学地球"，与国外的小朋友站在阅读的同一起跑线上，是我们中国少年儿童出版社的神圣职责。在人类进入多媒体时代的今天，中国少年儿童出版社倾力打造了高格调、高品质的皇冠书系，该书系的图书均以"美绘版"形式呈献。皇冠书系"美绘版"图书自上市以来迅速得到了广大青少年读者的认可，取得了良好的社会效益和经济效益。今天，中国少年儿童出版社将《林格伦作品选集》纳入皇冠书系，以"美绘版"形式再次出版林格伦女士最具代表性的作品，它们分别是《长袜子皮皮》《淘气包埃米尔》《小飞人卡尔松》《大侦探小卡莱》《米欧，我的米欧》《狮心兄弟》《吵闹村的孩子》《疯丫头马迪根》《绿林女儿罗妮娅》《海滨乌鸦岛》《叮当响的大街》《铁哥们儿擒贼记》《小小流浪汉》《姐妹花》。此次中国少年儿童出版社倾力打造的"美绘版"《林格伦作品选集》，就是要让世界名著以更美的现代化形式走近少年儿童读者，就是要让林格伦的童话星空更加绚丽多彩。

愿《林格伦作品选集》（美绘版）陪伴广大的少年儿童朋友快乐成长，美丽成长。

林格伦和她创造的儿童世界

——李之义——

早在世纪之初著名作家埃伦·凯伊（1849—1926）就曾预言，20世纪将成为儿童世纪。这句话是否应验，这里不去讨论，但是林格伦在1945年步入儿童文坛就标志着世纪儿童已经诞生。这就是皮皮露达·维多利亚·鲁尔加迪娅·克鲁斯蒙达·埃弗拉伊姆·长袜子。起这个名字的人是林格伦的女儿卡琳。1941年女作家七岁的女儿卡琳因肺炎住在医院，她守在床边。女儿每天晚上请妈妈讲故事。有一天她实在不知道讲什么好了，就问女儿："我讲什么呢？"女儿顺口回答："讲长袜子皮皮。"是女儿在这一瞬间想出了这个名字。她没有追问女儿谁是长袜子皮皮，而是按着这个奇怪的名字讲了一个奇怪的小姑娘的故事。最初是给自己的女儿讲，后来邻居的小孩也来听。1944年卡琳十岁了，林格伦把这个故事写出来作为赠给女儿的生日礼物。后来她把稿子寄给伯尼尔出版公司，但是被退了回来。此举构成了这家最大的瑞典出版公司最大的失误。1945年作者对故事做了一些修改，以它参加拉本和舍格伦出版公司举办的儿童书籍比赛，获得一等奖。《长袜子皮皮》一出版立即获得成功，此事绝非偶然。当时关于瑞典儿童的教育问题的辩论正进行得如火如荼——以昔日的权威性教育为一方，以现代自由教育思想为另一方。早在20世纪30年代，人们就开始对童年教育感兴趣，并有新的儿童教育信号出现。很多人提出，对儿童进行严厉、无条件服从的教育会使儿童产生压抑和自卑感。人们揭露和批判当局推行的类似德国纳粹主义和意大利法西斯主义的绝对

权威和盲从的教育思想。

《长袜子皮皮》这部作品讲一位小姑娘,她一个人住在一栋小房子里,生活完全自理,富得像一位财神,壮得像一匹马。她所做的一切几乎都违背成年人的意志,不去学校上学,满嘴的瞎话,与警察开玩笑,戏弄流浪汉。她花钱买一大堆糖果,分发给所有的孩子。她的爸爸有点儿不可思议,是南海一个岛上的国王。这位小姑娘自然成了孩子们的新偶像。关于皮皮的书共有三本,多次再版,成为瑞典有史以来儿童书籍中最大的畅销书。目前该书已出版90多种版本,总发行量达到1.3亿册。对全世界的儿童来说,皮皮是一个令人喜爱、近乎神秘主义的形象,可与福尔摩斯、唐老鸭、米老鼠、小红帽和白雪公主相媲美。

·在2004年5月26日阿斯特丽德·林格伦儿童文学奖第二次颁奖大会上,瑞典首相约兰·佩尔松在致辞时这样评论《长袜子皮皮》这部作品:"长袜子皮皮之书的出版带有革命性的意义。林格伦用长袜子皮皮这个人物形象在某种程度上把儿童和儿童文学从传统、迷信权威和道德主义中解放出来,在皮皮身上很少有这类东西。皮皮变成了自由人类的象征。"

在儿童文学领域里,林格伦创造了两种风格:通俗和想象,两种风格以不同的方式体现她的创作特征。通俗的故事有时候接近琐碎,有时候带有喜剧色彩。比如以女作家自己的成长环境和自己的兄弟姐妹为原型的《吵闹村的孩子》《吵架人大街》和《疯丫头马迪根》。富于想象的作品是以《尼尔斯·卡尔松—小精灵》为开端。主人公是个小精灵,住在地板底下,后来成了一位孤单的小男孩的好伙伴,使阴郁、沉重的生活变成多彩的梦幻之国。《南草地》中的故事采用民间故事的创作手法,把昔日人间的残酷、疾病和忧伤变成了想象中的美

梦、善良和温暖。

但是用富于想象的手法创作的作品应首推三部伟大的小说：《米欧，我的米欧》(1954)、《狮心兄弟》(1973)和《绿林女儿罗妮娅》(1981)。第一部作品表面上非常通俗，主人公布·维尔赫尔姆·奥尔松是一位被领养的小男孩。他坐在长凳上，想着自己极不温暖的家庭生活。突然他的梦变成了现实，他搬到了童话世界——玫瑰之国，他的父亲是那里的国王，他变成了米欧王子。他用一把带魔法的宝剑把他父亲的臣民从残暴的骑士卡托的统治下解救出来。作品有着民间故事的所有特征。《狮心兄弟》也描写善与恶的矛盾。主人公是一位胆小的小男孩斯科尔班，但是在危险时刻他克服了自己的恐惧，勇敢地与邪恶进行斗争，并取得了胜利。斯科尔班身体虚弱、胆小怕事，这一点与他和哥哥一起把南极亚拉从暴君滕格尔、恶魔卡特拉手里解放出来的壮举形成鲜明对比。作品中有这样的情节：兄弟俩从悬崖上跳下去，以便从南极亚拉到另一个国家南极里马。他们去了另外一个世界以后变得强壮、勇敢和健康。一部分人把这一描写解释成儿童自杀，但多数人把这段解释成一种故事情节的升华，由一个想象的世界到另一个想象的世界。我还听到有第三种解释，即瑞典是一个福利社会，人们没有物质生活方面的困难，老人和孩子都很怕死。老人可以用基督教的来世梦想和进入天国之类的事求得安慰。孩子们怎么办？他们经常给报社或电视台写信、打电话，问"人为什么要死？"专家们用科学的方法给孩子们讲解生与死的辩证关系、新陈代谢等，说明死并不都是坏事。作家通过自己富于想象的作品不是也可以起到相同的作用、甚至效果更好吗？《绿林女儿罗妮娅》比上边提到的两部作品有更多的现实主义成分，书中所描写的问题有更多的可能性。女孩罗妮娅和男孩毕尔克分属两个世代为仇的绿林家庭。两个人对自己家庭传统进行造

反，一种真挚的友谊在他们之间迅速建立，他们拒绝再过到处抢劫的绿林生活。人们称这部作品为瑞典式的《罗密欧与朱丽叶》。两个孩子在山洞里过着与世隔绝的生活，这也有点儿像《鲁滨孙漂流记》。但作品有着林格伦自己的特征：紧张的情节、通俗的现实主义和幽默风趣。罗妮娅和毕尔克生活在充满可怕和喜剧性生灵的世界里，如人面野鹰和小人熊等。他们的父亲都是魁梧、健壮、心地善良的绿林首领，但他们不知道除了劫富济贫的绿林生活外，还有其他什么选择。

林格伦的另一部分作品介于通俗与想象两种风格之间。《淘气包埃米尔》(1963)中很多故事相当粗犷和非理性，有着伟大的喜剧风格，但一切都植根于世纪之交的斯莫兰的日常生活。一部分内容有点儿像古代的英雄萨迦，如埃米尔在风雪中把病入膏肓的阿尔弗雷德送到医院，以及请穷苦的人们吃圣诞饭。

当《小飞人卡尔松》(1955)中的卡尔松飞进小弟的中产阶级家庭生活时，起初人们都把他看作是孤单儿童的虚幻中的伙伴。但卡尔松是一个极富有个性的小家伙，有着人类的各种特征——他爱说大话、自私自利、不诚实和爱翻别人的东西，还不停地给小弟制造麻烦。但是小弟和其他读过这本书的孩子都喜欢他——"不胖不瘦、风华正茂"。如果人们偶尔还把他当作虚幻的人物的话，那么在小弟把他介绍给其他家庭成员时，这种感觉马上消失了，他成了一个实实在在的人。

林格伦的作品还包括侦探小说，如《大侦探小卡莱》(1946)，专门描写女孩子的作品，如《布丽特－马利亚心情舒畅了》(1944)、《夏士婷和我》(1945)。作品幽默、大方，很少有道德说教。

林格伦1907年出生在瑞典斯莫兰省一个农民家里。20世纪20年代到斯德哥尔摩求学，毕业后做过一两年秘书工作。她有30多部作品，获得过各种荣誉和奖励。1950年获瑞典图书馆协会颁发的

"尼尔斯·豪尔耶松金匾"，1957年获瑞典"高级文学标准作家"国家奖；1958年获"安徒生金质奖章"，1970年获瑞典《快报》"儿童文学和促进文学事业金船奖"，1971年获瑞典文学院"金质大奖章"。此外，她还获得过1959年《纽约先驱论坛报》春季奖和1957年德国青年书籍比赛的特别奖。她在1946年—1970年将近1/4世纪里担任拉本和舍格伦出版公司儿童部主编，对创造这个时期的瑞典儿童文学的黄金时代做出了很大贡献。

2002年，林格伦女士以94岁高龄辞世，瑞典为她举行了国葬，人们称她为民族英雄。在我送的花圈上写着："你的中文译者向你致最后的敬意！"她走了，却给世界留下了宝贵的文学遗产。她的作品被译成多国文字，发行量达到1.3亿册。把她的书摞起来有175个埃菲尔铁塔那么高，把它们排成行可以绕地球三圈。

瑞典文学院院士阿托尔·隆德克维斯特在1971年瑞典文学院授予她"金质大奖章"的授奖仪式上说：

  尊敬的夫人，在目前从事文艺活动的瑞典人中，大概除了英玛尔·伯格曼之外，没有一个人像您那样蜚声世界。

  您在这个世界上选择了自己的世界，这个世界是属于儿童的，他们是我们当中的天外来客，而您似乎有着特殊的能力和令人惊异的方法认识他们和了解他们。瑞典文学院表彰您在一个困难的文学领域里所做的贡献，您赋予这个领域一种新的艺术风格，即充分的心理描写、幽默和叙事情趣。

林格伦作品选集
LINGELUN ZUOPINXUANJI

目录

第一部　我们都是吵闹村的孩子 / 1

我们都是吵闹村的孩子 / 3

哥哥太烦人 / 5

我最开心的生日 / 9

再说生日开心事 / 14

结业式 / 18

我们间萝卜苗并抱回一只小猫 / 23

乌勒领养狗 / 29

目录

有一个自己的动物很开心，但是有一个爷爷也不错 / 33

男孩子无秘密可言 / 38

我们睡在牧草房里 / 44

安娜和我离家出走 / 49

我们建造游戏室 / 55

就像我说的——男孩子无秘密可言 / 58

我们又开学了 / 63

我们化装玩 / 68

目录

暴风雪 / 71

迎接圣诞节 / 75

第二部　再说我们吵闹村的孩子 / 79

再说我们吵闹村的孩子 / 81

我们吵闹村怎么样过圣诞节 / 83

我们玩滑雪车 / 91

守岁 / 95

目录

林格伦作品选集
LINGELUN ZUOPINXUANJI

我们到珍妮姨妈家参加宴会 / 101

拉赛掉进冰窟窿 / 107

我们和女教师开玩笑 / 112

吵闹村的复活节 / 120

安娜和我去买东西 / 126

看河神 / 134

乌勒有了一个小妹妹 / 142

雨天 / 149

目录

寻宝 / 157

安娜和我让别人高兴 / 163

爷爷 80 岁生日 / 171

第三部　吵闹村尽是开心事 / 175

吵闹村尽是开心事 / 177

我有了一只小羊羔 / 183

彭杜斯去学校 / 189

目录

放学回家的路上 / 196

乌勒拔牙 / 204

我们自己也不知道，我们在做什么 / 213

智者珍宝盒 / 221

拉赛捕捉野牛 / 231

吵闹村的仲夏节 / 243

樱桃公司 / 250

安娜和我将来当保育员——可能吧 / 260

目录

捉小龙虾 /274

译者后记 /284

第一部
我们都是吵闹村的孩子

吵闹村的孩子
Chaonaocundehaizi

我们都是吵闹村的孩子

我叫丽莎。我是一个女孩,再说从名字就可以听出来。我7岁,不过很快就到8岁了。有的时候妈妈说:

"你是妈妈的大姑娘,今天一定能把碗擦干净。"

有时候拉赛和布赛说:

"小不点儿你不能跟我们一起玩印第安人游戏。你太小了。"

所以我不知道,我到底是大还是小。一部分人认为我大,另一部分人认为我小,可能我正好,不大也不小。

拉赛和布赛,他们是我的哥哥。拉赛9岁,布赛8岁。拉赛很强壮,他跑得比我快多了,但是我跑得跟布赛一样快。有的时候,拉赛和布赛不想带我一起玩,拉赛就拉住我,让布赛向前跑,先跑出一段

距离，然后拉赛放开我，这样他很容易就把我甩掉了。我没有姐妹，很遗憾。男孩子们爱打架。

我们家住的院子叫中院，因为它在其他两个院子中间。其他两个院子分别叫北院和南院，三个院子排成一行。是这样：不是特别像，因为我画得不是特别好。

南院住着一个男孩子，他叫乌勒，他没有任何兄弟姐妹，但是他跟拉赛和布赛玩。他8岁，也跑得很快。

不过北院，那里住着女孩，两个。真幸运，她们也不是男孩！她们分别叫布丽达和安娜。布丽达9岁，而安娜和我一样大。她们俩我都喜欢。可能多喜欢安娜一点点儿。

吵闹村没有更多的孩子。这个村就叫这个名字。村子很小，就三个院子：北院、中院和南院。共有6个孩子：拉赛、布赛、我、乌勒、布丽达和安娜。

哥哥太烦人

过去拉赛、布赛和我住在一间房子里,就是阁楼附近靠右边山墙那间。现在我住在靠左边山墙那间,过去奶奶住在那里,我后边再细讲。

和两个哥哥住在同一间房子里有时候很有意思。只是不经常。晚上我们躺在床上,互相讲幽灵的故事,尽管也有些害怕,但是非常开心。拉赛能讲特别可怕的幽灵故事,听完以后我要长时间躺在被子底下。布赛不会讲幽灵的故事,他只是讲他长大以后要参加的各种历险。那时候他要到美洲去,那里住着印第安人,他要当印第安人的酋长。

有一天晚上,拉赛讲了一个可怕的幽灵故事。一个幽灵到处徘徊,把一栋房子里的家具都搬走了。我听了差一点儿被吓死。房子里特别黑,我的床又远离拉赛和布赛的,想想看,多可怕,这时候一把椅子突然前后跳动起来。我真的相信一个幽灵来到我们房间,把我们的家具搬来搬去,我拼命叫喊起来。

正在这时我听到拉赛和布赛在自己的床上怪笑。哎呀,原来他们用绳子把椅子拴上,绳子的另一头通到各自的床上,他们用力一拉,椅子就前后跳起来,跟真的一样。我先是生气,后来也禁不住笑了。

  跟哥哥们同住一间房里时,他们都比我大,我没有任何决定权,一向是拉赛决定什么时间关灯。当我想躺在床上阅读《瑞典的春天》时,拉赛决定要关灯,听他讲幽灵的故事。当我困了,想睡觉的时候,拉赛和布赛想躺在床上玩"饿死狐狸"的游戏。拉赛躺在床上,想什么时候关灯就关灯,因为他在开关附近安了一个可以转动的硬纸板,他在纸板上拴一根绳子,绳子的一头拉到他的床头。这是一个非常灵巧的装置,不过我无法具体描绘,因为我长大了,不愿当什么转动工程师。拉赛说,他想当转动工程师。我不知道这是什么东西,但是拉赛说这玩意儿非常好,要想当工程师,就必须会在开关周围装上这种纸板。布赛想当印第安人酋长,至少他过去经常这么说。不过前几天我听他说,他将来要当火车司机,看来他改主

意了。我真不知道,我当什么。可能当个妈妈吧,因为我特别喜欢很小很小的孩子。我有7个玩具娃娃,我是他们的妈妈。我很快就长大了,不能再和他们玩了。唉,长大了多没劲啊!

我最好看的娃娃叫贝拉。她有着蓝色的眼睛和浅色的卷曲头发,她躺在小床上,盖着妈妈给她缝的粉色被子和被套。有一次,当我走过去想把她从床上抱起来时,发现她长了络腮胡子和八字胡子,是拉赛和布赛用一块炭给她画上的。我很高兴现在不跟他们住在一个房间里了。

从拉赛和布赛房间的窗子往外看,可以直接看到乌勒房间里的情况。他也住在靠山墙的一间房子里。中院和南院相距很近。"表面看,这些房子好像是挤在一起的。"爸爸说。他认为,建房子的人一开始就应该留出大一点儿的空间。但是拉赛、布赛和乌勒不这样认为,他们觉得这样很不错。中院和南院之间有一道围栏,围栏中间有一棵大树,爸爸说那是一棵椴树。椴树把枝直接伸向拉赛、布赛和乌勒的窗子。他们三人想见面时,就通过椴树爬过去。这比下楼梯,出一个大门,再进一个大门,再爬一次楼梯,可快多了。有一次我们的爸爸和乌

勒的爸爸决定砍掉那棵椴树,因为它挡住了进入房间里的光。但是拉赛、布赛和乌勒吵着闹着要留下那棵树,结果没有砍。那棵树一直长到今天。

我最开心的生日

我认为，我的生日和平安夜是一年当中最开心的两天。最让我开心的那次生日是我满7岁的时候，那一天是这么过的。

我醒得很早，当时我还住在拉赛和布赛的房间里，拉赛和布赛还躺在床上睡觉。我的床嘎吱嘎吱地响，我来回来去地翻身，让床响声大一点儿，好让拉赛和布赛醒来。我不能叫醒他们，因为生日那天要假装睡到被人叫醒才行。而他们都躺在那里足睡，不来把我叫醒。我把床弄得可响可响了，最后布赛坐起来，用手挠了挠头发，随后他叫醒拉赛，他们偷偷地走到阁楼，再沿楼梯下去。我听见妈妈在厨房里弄咖啡杯子叮

当响，我激动得有点儿躺不住了。

最后我听到上楼梯的声音，这时候我使劲闭着眼睛。咚的一声，门开了，爸爸、妈妈、拉赛、布赛和我们的女佣阿格达站在那里。妈妈端着托盘，里边有一杯热巧克力，一个插着花的花瓶，一个有糖和葡萄干的大蛋糕，蛋糕的糖霜上有"丽莎7岁"。蛋糕是阿格达烤的，但是里边没有礼物，我开始觉得这个生日有点儿怪。这个时候爸爸说：

"把巧克力喝了，然后我们看一看里边有没有什么礼物。"这时候我明白了，他们要给我一个惊喜。我一下子把巧克力喝完，然后妈妈用一块毛巾把我的眼睛蒙住，爸爸来回来去转我，然后他把我抱到一个什么地方，反正我看不见。我只听到拉赛和布赛在旁边跑，我能感觉到，因为他们不时地捏我的脚指头问：

"猜一猜，你在哪儿！"

爸爸抱着我走下楼梯，转呀转呀，我一下子觉得，我们到了外边，过了一会儿我们又上楼，最后妈妈把我眼睛上的毛巾拿掉。我发现我们在一个我过去从来没有到过的房间里。我至少觉得，我没有看到过。但是我从窗子往外看，一下子看到了不远处北院的山墙，布丽达和安娜站在那边的窗子附近向我招手。这时候我明白了，我在祖母的旧屋子里，为了迷惑我，爸爸绕了那么大一圈。我小的时候祖母住在这里，但是几年前她搬到弗丽达姑姑那里去了。此后妈妈在这间屋子里放纺车和一大堆编织地毯的破布条。但是现在这里既没有纺车，也没有破布条，是一间非常整洁的屋子，我相信这里一定住过一个会变魔术的魔鬼。妈妈说，这里确实有过一个魔鬼，那就是爸爸，他在这里为我变出了一个房间，它将完全属于我自己，是我的生日礼物。我高兴得大声叫起来，我认为，这是我得到的最好的一次生日礼物。爸爸说，妈妈也曾经帮助变房子。爸爸给那里的墙上变出了非常漂亮的糊墙纸，上面有很小很小的花束，妈妈给窗子变出了窗帘。爸爸有几个晚上待在木工房里，变出了一个柜子、一张圆桌子、一个架子和三把椅子，所有的这些东西都油成白色。妈妈变出来铺在地板上的布条地毯，有红、黄、绿和黑道道儿。去年冬天她织的时候，我见过，但是我不知道我将会得到它。爸爸制作这些家具时，我肯定看到了，不过爸爸每年冬天都给不会木工活儿的人制作家具，所以我不知

道是为我做的。

拉赛和布赛立即把我的床从他们的房子拖出来,搬进我的新房间,拉赛说:

"不过晚上我们还会到你这儿来,讲幽灵的故事。"

我做的第一件事,就是跑进拉赛和布赛的房间,取走我的娃娃。我有4个小娃娃和3个大娃娃,都是我从小攒起来的。我给我的小娃娃在架子上建了一个漂亮的小屋。我首先铺上一块红布当地毯,然后放上漂亮的小家具,都是祖母送的圣诞礼物,然后再放上娃娃们的小床和小娃娃本人。现在它们和我一样,也有了自己的房间,尽管不是它们的生日。我把贝拉睡的大床放在墙角,紧靠我自己的床,把汉斯和格列达的婴儿车放

在另一个墙角。啊,我的房间多么漂亮!

然后我跑进拉赛和布赛的房间,拿走我放在他们柜子里的我所有的盒子和东西,布赛说:

"好极了!这回我的鸟蛋有了更大一点儿的地方!"

我有 13 本书,都是我自己的。我把它们都放到架子上,还把所有的《瑞典的春天》的杂志和书签盒子放到那里。我有很多书签,我们在学校里交换。但是我有 20 张书签,永远都不换给别人。最漂亮的一张是个小天使,有着粉色连衣裙和翅膀,所有的东西都能摆到架子上。我有了自己的房间,这一天真开心。

再说生日开心事

生日那天还有很多开心事。下午我和我们所有吵闹村的孩子有一个果汁宴会,啊,我们村一共 6 个孩子。大家坐在我的屋子中间那张圆桌周围,正好每个人都有位子。我们喝山莓果汁,吃上面有"丽莎 7 岁"的那个蛋糕和阿格达烤的另外两种点心。我接受了布丽达、安娜和乌勒送的礼物。布丽达和安娜的礼物是一本童话书,乌勒送的是一块巧克力蛋糕。乌勒坐在我旁边,这时候拉赛和布赛开始逗我,他们说:

"未婚夫和未婚妻,未婚夫和未婚妻!"

他们所以这样说,就是因为乌勒是一个有点儿逗的男孩,他爱和女孩子们玩。他不在乎他们说什么,照样既跟男孩子们玩,也和女孩子们玩。其实拉赛和布赛也想和女孩子们玩,只是假装不愿意。我们村里只有 6 个孩子,只能大家一块玩,不管谁是男孩,谁是女孩。6 个人一起玩几乎总是比 3 个人玩更开心。

过了一会儿，男孩子们去看布赛的鸟蛋，这时候布丽达和安娜与我一起玩我的玩具。

我的口袋里装着一根很长很长的绳子。我用手摸了摸，把它掏出来，我一看，它很长，我突然想到，我们可以用它找点儿开心事情做。如果我们能够找到与它一样长的另一根绳子，接起来就可以通到北院布丽达和安娜的窗子，这样我们就可以用香烟盒传信。啊，我们必须马上就试！说做就做。布丽达和安娜跑回家，然后我们玩了很长时间的传信游戏。看到香烟盒从绳子上滑过去真开心。一开始我们只写："你好吗？我很好。"但是后来我们就假装成被囚禁的两座宫殿里的公主，不能出来，因为有龙在看管着我们。布丽达和安娜给我写信：

我们的龙非常残酷无情。你的龙怎么样？布丽达公主和安娜公主。

我回信答：

啊，我的龙也是很残酷无情。如果我想出去，它就咬我。不过还好，我们至少可以互相通信。丽莎公主。

过了一会儿，妈妈有事喊我，我不在的时候，拉赛、布赛还有乌勒进了我的房间。看到了信，拉赛也通过烟盒寄过去一封信，内容是：

丽莎公主走了，因为她要去擤鼻涕。不过这里有一伙王子。拉士·亚历山大·拿破仑。

布丽达和安娜认为，信的内容很愚蠢。

不管怎么说，我自己的房间对着北院还是很不错的。布丽达、安娜和我可以经常通信。冬天的时候，天很黑，通信不方便。我们就改用手电筒，互相照。如果我照三下，意思就是："马上到这儿来！我有事要说。"

妈妈说了，我必须保持房间整洁，我尽量做到吧。有时候做大扫除，这时候我把布条地毯从窗子扔出去，阿格达帮助我敲打掉灰尘。我有一根很小的除尘棍，我用它敲。我擦门把

手，擦掉所有地方的灰尘，插上新的鲜花，铺好小娃娃的床，放好小娃娃的车。有时候，我忘了打扫，这时候妈妈就说我是一个粗枝大叶的丽莎。

结 业 式

夏天到了真开心。从不上学那天起,一切都让人感到好玩。我只参加过一次结业式,早在头一天晚上就开始觉得有意思。当时我们用鲜花和绿叶把教室布置得非常漂亮。我们吵闹村所有的孩子都折了桦树枝,采了报春花和虎耳草花。我们到学校去的路很远,因为学校在另一个叫大庄的村子。为了仅仅6个孩子不可能专门设立一个学校。我们到了学校的时候,花有点儿蔫,不过没关系。花一着水又漂亮起来。黑板前边有瑞典国旗,到处摆着桦树枝花环和鲜花。整个教室都很清香。布置完教室以后,我们

就练习结业式要唱的歌曲。《你好,太阳对你这样呼叫》和《因为没有你的爱,我才失败》。一位叫厄拉的姑娘唱成:"因为没有你的公羊,我才失败。"她看错了歌词。不过很幸运,女教师帮助她纠正了。所以结业式上她唱得很正确!

我们放学回家的时候,天气很好。我们吵闹村的孩子每天放学都一起回家,我们在路上要磨蹭很长的时间。拉赛说,我们必须走在马路牙子上,这是我们的一个游戏。我们假装成这样:如果谁掉在地上,谁就算死了。乌勒突然掉在地上,布赛这时候说:

"现在你已经死了!"

"我当然没有死,"乌勒说,"往这儿看,我活得多好呀。"他一边说一边伸胳膊踢腿。这时候我们大家都笑他。

然后我们走围栏。拉赛说:

"谁规定的大家必须走在马路上,你们说呢?"

这时候布丽达说:"肯定是某个大人瞎编的。"

"可能。"拉赛说。

我们在围栏上走了很长很长时间,我觉得特开心,我想,以后我再也不走在马路上了。一个老头儿赶着一辆运送牛奶的车过来,他说:

"天啊,围栏上是些什么乌鸦?"

但是第二天我们去参加结业式时就不能走围栏了,因为我

们穿得都很漂亮。我穿着带红点儿的崭新连衣裙，布丽达和安娜穿带皱边的蓝色连衣裙。我们都戴着新的发结，穿着新鞋子。

那天很多父母在教室里旁听。我答对了所有要回答的问题，但是布赛说 7 乘 7 是 56。这时候拉赛转过身来，严厉地看着他，布赛赶快说：

"不对不对，是 46。"

实际上是 49，这我是知道的，尽管我还没有开始学"九九表"，但是我听其他孩子说过。我们学校一共只有 23 个孩子，所以我们都坐在一个教室里。

当我们唱完了我们会唱的所有的歌和那首《开花的时节到来了》以后，女教师说：

"再见吧，孩子们，祝你们夏天过得愉快！"

这时候我感觉到，我的心高兴得好像要跳出来。

我们吵闹村所有的孩子都取得了好成绩。我们在回家的路上比分数。布赛成绩不是特别好，但是也还可以。

晚上的时候我们在路上玩圆场棒球。突然球滚到红醋栗丛中去了，我跑过去找。你猜一猜，我找到什么啦！在一片红醋栗丛里边有 11 个鸡蛋。我高兴死了！我们家有一只母鸡特别固执，不愿意在鸡舍里下蛋，它把蛋下到外面去。拉赛、布赛和我已经找了很长时间，想知道它到底把蛋下到什么地方去了，但是它很狡猾很谨慎，不让我们看到它到哪里去。妈妈曾经说，我们找到一个鸡蛋，她给 5 厄尔钱。现在我找到的鸡蛋可以得到 55 厄尔。但是棒球我没找到。

"我们用鸡蛋代替棒球吧。"拉赛说，"这样整个吵闹村就变成了鸡蛋杂拌一锅粥。"

我用围裙兜着鸡蛋，到妈妈那里领了 55 厄尔。我给每一个孩子 5 厄尔，其余的放进我的储币罐，然后用一把小锁锁上。钥匙就挂在衣帽间里的一个钉子上。

后来安娜找到了那

个棒球,我们玩了好几个小时。我们很晚才去睡觉,比平时晚很多,不过没关系,因为我们放暑假了,以后想睡多长时间就睡多长时间。

我们间萝卜苗并抱回一只小猫

我的储币罐里钱越来越多,因为我帮助家里间萝卜苗。我们吵闹村的孩子都参加了。本来拉赛、布赛和我应该间属于中院的萝卜苗,布丽达和安娜间属于北院的,乌勒间南院的。但是我们大家一起间,互相帮忙。我们每间一行都有报酬,每个长行40厄尔,每个短行20厄尔。为了不把膝盖弄痛,我们都戴上了帆布护膝。布丽达、安娜和我还戴上了包头布,妈妈说,我们的样子真像小老太太。我们还带了一大罐果汁,以备渴的时候喝。我们真的一会儿就渴了,这时候我们拿起麦秸当吸管,放进罐里,跪在罐周围喝。用麦秸喝果汁非常开心,我们喝呀喝呀,一下子就都喝完了。这时候拉赛拿起罐子,到附近的牧场去打泉水,随后我们喝泉水,喝泉水也很有意思,但是不像果汁那么好

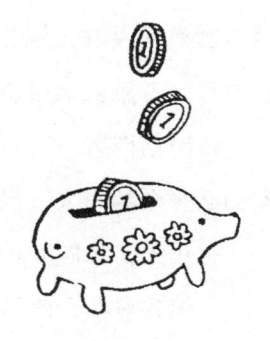

喝。最后乌勒躺在地上说：

"我的肚子直咕噜，你们听见了吗？"

他喝了那么多水，我们走到他身边，听他的肚子，他一动真的就咕噜咕噜地响。

我们间苗的时候，一直在说话，互相讲故事。拉赛讲了很多幽灵的故事，但是光天化日之下听起来并不觉得可怕。这时候拉赛又提议进行骂人比赛，布丽达、安娜和我不愿意参加，因为女教师说过，愚蠢的人才骂人。拉赛自己骂了几句，觉得没有什么意思，他很快就不骂了。

我们觉得第一天间苗最有意思。后来觉得特别单调，但是我们必须继续下去，因为所有的苗都要间。

有一天，我们刚开始间，拉赛就对乌勒说：

"佩特鲁斯，萨尔都，伯姆伯姆。"

乌勒说：

"库里分克，库里分克。"

布赛说：

"默伊斯，多伊斯，非里勃姆，阿拉拉特。"

我们问他们是什么意思，拉赛说，这

是一种只有男孩子才能懂的特殊语言。他说,对女孩子们来说太难了。

"哈哈,"我们说,"其实你们自己也不懂!"

"我们当然懂,"拉赛说,"我先说的意思是'今天天气很好',这时候乌勒回答'当然,当然',然后布赛说:'真幸运,小妞们不明白是什么意思。'"

随后他们用自己的语言讲了很长很长一段话。最后布丽达说,我们也有一种只有女孩子才能懂的特殊语言,然后我们就讲自己的语言。我们躺在萝卜地上,一上午都讲着不同的语言。我听不出来这两种语言有什么区别,但是拉赛说,我们的语言很怪。他说,男孩子们的语言要好得多,因为它接近俄语。

"库里分克,库里分克。"乌勒又说了一遍。我们听了很多遍男孩子们的语言,所以我们也知道他说的意思是"当然,当然"。从此以后,布丽达、安娜和我就把乌勒叫做"乌勒·库里分克"。

一天下午,我们在地里间菜苗,当时我们正坐在乱石坡上喝热巧克力,吃我们带的三明治,突然天阴了起来,随后来了一场暴风雨,还下了冰雹。雹子下得特别大,在地上堆起了很厚的一层,就像冬天的雪堆。我们拔腿就跑。当我们光着脚踩在雹子堆上的时候,双脚冻得很疼很疼。

"我们赶快跑到枫树半岛上的克里斯婷家。"拉赛说。平

时拉赛说什么我们一般就怎么做,这次也不例外。克里斯婷住在离菜地不远的一栋小红房子里,我们真的跑到那里去了。还真巧,克里斯婷在家。克里斯婷是一个老太太,看起来像一位老奶奶。她很友善,我到过她那里很多次。

"心肝宝贝,心肝宝贝。"她一边说一边合掌。然后她说,"哎哟,哎哟,哎哟,可怜的孩子们!"

她在她屋子里的开口炉子里生起了很旺的炉火,我们脱掉身上的湿衣服,在炉子前边烤脚。

克里斯婷用火筷子夹着薄饼,伸到炉子里去,烤好了给我们吃。她还用坐在炉子上的三条腿咖啡壶给我们煮咖啡喝。

克里斯婷有三只猫,其中一只刚刚下过小猫。小猫一共有四只,它们躺在一个筐里,喵喵地叫,特别可爱。克里斯婷说,她只能留一只小猫,其他都得送出去,不然满屋子都是猫,她自己都没地方住了。

"啊,我们能要它们吗?"安娜高声说。

这时候克里斯婷说:"你们当然可以要,不过不知道当你们把小猫带回家时,你们的妈妈是否高兴。"

"所有的人都喜欢小猫。"布丽达说。

我们反复乞求，起码让我们抱回家试试。啊，三只小猫正好够分的，北院一只，中院一只，南院一只。拉赛挑出我们要的那只。这是一只小花猫，额头上有一个小白点儿。布丽达和安娜要了一只浑身全是白的，乌勒要了一只黑的。

我们的衣服干了以后，就抱着小猫回家了。我很高兴，猫妈妈留下一只小猫。不然它身边一个孩子也没有了。

我们给我们的小猫起名为莫列。布丽达和安娜给她们的小猫起名为赛山，乌勒给他的猫起名为马尔科默。对于我们抱回家的小猫，哪家的妈妈都没说什么，我们可以留下它们。

我经常跟莫列玩。我用一根绳拴上一个纸团，拉着它到处跑，莫列在后边追，想抓住纸团，拉赛和布赛一开始还和它玩，但是他们很快就厌烦了。只有我，注意给它喂食。它在厨房的一个盘子里喝牛奶。它不像人那么喝，而是把自己粉红色的舌头伸出来，把牛奶舔进去。我找了一个筐子，把它放在里边，我还把里边铺得软软的。有时候我们把莫

列、赛山和马尔科默放到草地上，让它们一起玩，因为它们都是兄弟姐妹，非常喜欢见面。

我从间苗劳动中挣了9克朗40厄尔，我把它们都放入我的储币罐，因为我想攒钱买一辆自行车，一辆红色的自行车。

乌勒领养狗

乌勒是独生子，没有兄弟姐妹，但是他有一只狗，当然还有小猫马尔科默。他的狗叫斯维普。我现在讲一讲，乌勒是怎么领养斯维普的，他也是这样讲给我们听的。

在吵闹村和大庄村之间，住着一个鞋匠，名字叫友善。他叫友善，但是他并不友善，一点儿也不友善。我们每次去取鞋的时候，他总是没把鞋钉好，尽管他不知道答应多少次。"因为他喝酒太多。"阿格达说。斯维普过去是属于他的。他对斯维普很不友好，斯维普是全教区最厉害的狗。它总是被拴在狗窝旁边，每次有人来友善那里送鞋，它都从窝里蹿出来狂叫。我们都很害怕，不敢走近它。我们也很害怕鞋匠，因为他总是愤怒地说，"小孩子是讨厌鬼，每天都欠打"。斯维普也经常挨打，尽管它是一只狗，而不是小孩子。友善可能认为，狗也每天欠打。友善喝醉的时候，他就忘记喂斯维普。

斯维普养在鞋匠那里的时候，我总是觉得它是一只又丑又

讨厌的狗。它又脏又臭,总是叫起来没完。现在我觉得它是一只懂事、漂亮的狗。这是乌勒教它懂事、听话的。乌勒本人就懂事、听话。

有一次,乌勒到鞋匠那里送鞋,斯维普像平时那样蹿出来狂叫,好像要咬他。这时候乌勒站住了,跟它讲话,说它是一只好狗,说它不应该如此狂叫。当然他站得比较远,免得斯维普能够咬着他。斯维普还像平时那样愤怒,一点儿也不像什么好狗。

当乌勒取鞋的时候,它给斯维普带了一块骨头。斯维普还像平时那样狂叫,但是它很饿,马上嚼起了骨头。在它吃的整个过程中,乌勒都站在与它有一段距离的地方。乌勒发现,斯维普是一只听话的好狗。

乌勒去过鞋匠那里很多次,问他鞋修好了没有,但总是回答说没修好。而乌勒每次去都给斯维普带一些好吃的东西。有一天,斯维普不再对他狂叫,啊,真不错,它只是像那些看见

了自己喜欢的熟人的狗那样叫了几声。这时候乌勒走过去，抚摩斯维普，斯维普也舔他的手。

　　有一天鞋匠摔了一跤，把脚崴了。他顾不得喂斯维普。乌勒非常可怜斯维普，就去问友善，在他脚疼的时候，他能不能照顾斯维普。他真够勇敢的！但是友善说：

　　"哎呀，那怎么行啊！只要你走近它，它就会咬断你的喉咙。"

　　但是乌勒走到斯维普身边，用手抚摩它，它并没有反对，鞋匠在窗子旁边看到了。这时候他说，乌勒可以照顾斯维普一段时间，因为他自己无能为力。

　　乌勒把斯维普的窝收拾得整整齐齐，垫上新牧草，把它喝水的盆洗净，换上清洁、卫生的水，喂它很多好吃的东西。然后他带着它散步遛弯儿，一直走到吵闹村，斯维普高兴得又蹦又叫，因为它被拴得太久了，很厌烦。每一天，只要友善的脚还疼，乌勒就来接它，带着它到外边去跑。我们也跟着它跑，但是斯维普最喜欢乌勒，其他人不得拉着它，因为它会使劲叫。

　　但鞋匠的脚好了，这时候他对乌勒说：

　　"现在疯玩得差不多了。这狗是一只看家狗，它一定要待在狗窝里。"

　　斯维普以为它还会像通常那样跟乌勒去遛弯儿，所以它高兴得又蹦又叫。但是当乌勒走了，没有带着它的时候，斯维普

狂叫起来,叫得很伤心。有很多天乌勒也很伤心,最后他的爸爸不忍心看他如此伤心,就去找友善,为乌勒买下了斯维普。我们吵闹村所有的孩子都去乌勒家,看乌勒在洗衣房给斯维普洗澡。我们也都帮一把。当斯维普洗完澡,晒干了身体、梳完毛以后,模样儿全变了。

如今它再也不发脾气了,也不需要拴着它。每天夜里它睡在乌勒的床底下,当我们吵闹村的孩子放学回来的时候,斯维普到半路上去接乌勒,还给它叼书包。但是它从来不走近友善的房子。它可能担心,友善出来,把它抓回去。

有一个自己的动物很开心，但是有一个爷爷也不错

有一个完全属于自己的动物很开心。我也本想有一只狗，可惜没有。我们吵闹村的动物太多了，马、奶牛、小牛犊、猪和绵羊。妈妈还养了一大群鸡，鸡舍的名字叫吵闹村鸡场，她向那些想要小鸡的人送种蛋。我们家的马中有一匹叫阿亚克斯，它是我的，不过跟斯维普属于乌勒的还不完全一样。不过家兔是真正属于我的。它们住在爸爸做的笼子里，每天我都给它们送草和蒲公英叶子吃。冬天的时候，我就把笼子搬到畜圈里去。它们生了很多小兔子，我把好几只都卖给了布赛和乌勒。布赛也曾养过一段时间兔子，但是他厌烦了，因为他除了收集鸟蛋对别的什么东西都厌烦。

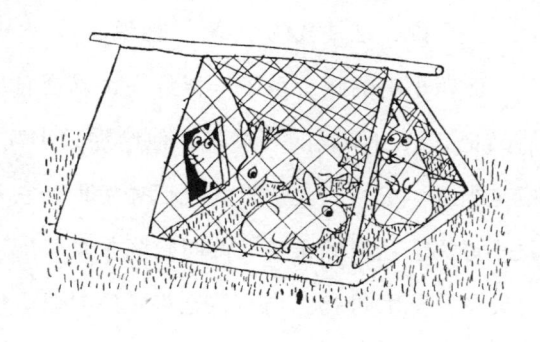

我们院子里有一棵老树，我们叫它"猫头鹰树"，因为它上面住着猫头鹰。有一次布赛爬到猫头鹰树上，从上边拿下一个猫头鹰蛋。里边一共有四个，拿出一个以后还剩下三个。布赛把蛋黄蛋清倒出来，然后把蛋壳放进箱子里的其他鸟蛋中去。但是后来他突发奇想，想跟猫头鹰妈妈开个玩笑，他爬到树上，在窝里放了一枚鸡蛋。真奇怪，猫头鹰妈妈没有看出来！真的没有看出来。它继续孵蛋，有一天窝里有了三只小猫头鹰和一只小鸡。当它发现它的孩子当中有一个像一个小黄球的东西时，不知道会有多惊奇！布赛担心，猫头鹰妈妈不喜欢小鸡，所以他把它从窝里拿下来。

"再说，这是我的小鸡。"他说。

他在小鸡的腿上系了一根红绳，以便日后能认出它来，然后又把它放回妈妈的鸡群里。他给那只小鸡起名为阿尔贝特，但是当阿尔贝特长大一点儿以后才发现，它不是公鸡，而是一只小母鸡。这时候布赛又改叫它阿尔贝特娜。如今阿尔贝特娜已经是一只大母鸡。当布赛吃鸡蛋的时候，他就说：

"这个鸡蛋是阿尔贝特娜为我下的。"

阿尔贝特娜比其他母鸡都飞得高飞得快。布赛说,这很可能是因为它出生在猫头鹰窝里。

有一次拉赛也想有几只自己的动物,因此他在猪舍里下了三个捉老鼠的夹子,捉到 16 只很大的田鼠。他把它们关在一个桶里,上面挂了一个招牌——吵闹村的田鼠场。但是夜里的时候,田鼠都从桶里跑了,所以田鼠场没办成。

"不过你要田鼠场干什么?"布丽达问,"田鼠也不下蛋。"

"下不下蛋有什么关系,有个田鼠场还是很开心的。"拉赛说,他因为田鼠都跑了很生气。

布丽达和安娜没有狗,没有家兔,也没有其他属于自己的动物。但是她们有一个爷爷。他是世界上最善良的爷爷,我敢保证。我们吵闹村所有的孩子都叫他爷爷,尽管他不是我们大家的爷爷,只是布丽达和安娜的爷爷。他住在北院顶层的一间房子里。一间温馨的房子,住着一位亲切的爷爷,我们这些孩子没事做的时候,都到他那里去。爷爷坐在一把摇椅上,他有很长很长的白胡子,跟圣诞老人一样。他的眼神不好,什么也看不到。他既不能看书,也不能看报,不过没关系,因为书里写的东西他都知道。他给我们讲圣经里的故事,讲他小时候的事情。我们给他读报,有布丽达、安娜和我。关于谁去世了,谁过 50 岁生日,各种天灾人祸、广告和各种杂七杂八的事情。

如果报上说某个地方雷电击倒了人，爷爷至少能说出 20 个不同地方过去击倒过人的事件。如果报上说有人被公牛顶死了，爷爷就会告诉我们，在他所认识的人中，有谁被愤怒的公牛顶死了。所以要把整张报纸都读的话，要花很长时间。有的时候男孩子们也给他念报纸，但是他更喜欢布丽达、安娜和我念，因为男孩子们马虎，经常跳过去广告之类的内容。爷爷在衣帽间有一个工具箱，男孩子们可以借用。爷爷还帮助他们制作小船和其他东西，尽管他眼睛看不见。当男孩子们要浇铸锡兵的时候，他们都是到爷爷那里去，用他的炉子熔化铅。

爷爷的衣帽间里总有一箱子苹果，当然不是一年四季都有，但是有苹果的季节，那里肯定有。每次我们去的时候，都能吃到苹果。我们经常到大庄村去给他买冰糖，他把冰糖放在

角柜里的一个包中。我们既可以吃到他的苹果，也能吃到他的冰糖。

爷爷的窗台上养着天竺葵，他养得很好，尽管他几乎看不见。他跟花谈话，一谈就很长时间。爷爷房间的墙上挂着很多漂亮的画，有两张我特别喜欢。一幅是表现约拿在鲨鱼腹中；另一幅是表现一条蛇从动物园里跑出来，正在把一个汉子缠死，啊，这幅画不好看，但是很惊险。

天气好的时候，爷爷会出来散步，他挂着一根使用多年的拐杖。夏天的时候，他一般都坐在北院外边草地中央的那棵大榆树底下。他坐在那里，让阳光照在他身上，有时候坐着坐着就喊叫起来：

"哈哈，呀呀！"

我们曾经问过爷爷，为什么他要喊"哈哈，呀呀"，这时候他说，他想起了自己年轻的时候。我想，这是很久很久以前的事。不过真不错，这里有一位如此善良的老爷爷！我非常喜欢他。我宁愿要他，而不要一只狗。

男孩子无秘密可言

间完菜苗没过几天,就开始运牧草。

"今年我不想让几个孩子在草垛里踩来踩去。"爸爸说。每年他都这么说,但是没有人相信他是认真的。

我们整天坐在拉草的拖车上,在牧草房里蹦来蹦去。拉赛希望举行一次比赛,看谁跳得最高。当然是从高处往下跳,不是从下往高处跳。我们爬到牧草房子的梁上,然后跳到牧草里。哎哟,肚子上好痒!比赛的第一名可以得到一根棍糖作为奖励。拉赛在当天到大庄村商店给妈妈买发酵粉时,就买了这根棍糖。我们跳呀,跳呀,跳呀,最后拉赛使足了劲,爬到高处,然后跳到很小很小一堆草上,咚的一声,他倒在那里,静静地躺了很长时间,动都不能动。后来他说,他相信他的心已经掉进胃里,他这一辈子,心只能待在胃里。没有其他人敢像他似的再跳,这时候拉赛把棍糖放到嘴里,并且说:

"奖给在牧草房里表现得英勇无畏的拉赛!"

有一天当布丽达、安娜和我搭坐北院长工的拖草车时,我们偶然在一块乱石坡上发现了一处野草莓地,这地方就在我们要运牧草的草场上,那里长着很多野草莓,我从来没见过这么多野草莓。我们说好,永远、永远、永远不把这块长野草莓的地方告诉男孩子们或者其他人。我们采野草莓,把它们穿在草秆儿上,一共穿了满满13串。晚上的时候,我们拌上糖和奶油吃。拉赛、布赛和乌勒也尝了几个,但是当他们想知道,我们是从什么地方采来的野草莓时,我们说:

"我们永远不会说,因为这是一个秘密!"

然后连着几天布丽达、安娜和我都去找新的野草莓地,不再关心牧草房里的事。但是男孩子还在那里玩,我们真不明白,他们怎么一点儿也不厌烦。

有一天我们找到很多野草莓,我们对男孩子们说,现在我们已经找到7个长野草莓的地方,但是我们不想说,因为这是一个秘密。这时候乌勒说:

"哈哈，跟我们的秘密相比，你们的秘密不足挂齿！"

"你们有什么秘密？"布丽达问。

"不许说，拉赛。"乌勒说。

但是拉赛说：

"当然要说！小妞们听着，我们的秘密不像你们的秘密那样可怜。"

"那到底是什么呀？"我们问。

"我们在牧草堆里造了9个洞，如果你们想知道的话。"拉赛说。

"但是我们不说出在什么地方。"布赛一边说一边单腿跳。

"我们很快就能找到。"我们说着话就跑到牧草房里去找。我们当天和第二天都去找，但是没找到任何洞。男孩子们那么得意，拉赛说：

"你们永远找不到！第一，没有地图你们找不到这些洞；第二，你们找不到标有这些洞的地图。"

"你说的是什么地图？"我们问。

"是我们自己画的，"拉赛说，"不过我们已经把它藏起来了。"

这时候布丽达、安娜和我改找地图。我们认为，地图肯定藏在中院的什么地方，拉赛不会同意放到其他地方去。我们在拉赛和布赛的房间里连续找了好几个小时，在他们的床上，在

他们的柜子里,在衣帽间,到处都找了。我们对拉赛说:

"你至少应该说,是高,还是低,或者介乎两者之间。"

在大家玩"藏钥匙"的游戏时,一般都这么说。

这时候拉赛、布赛和乌勒大笑起来,拉赛说:

"是高!但又不完全是!"

他们彼此使了个眼色,露出得意的神情。我们在灯上找,我们到顶棚上去找,因为是"高",肯定藏在高处的某个地方。但是拉赛说:

"最好你们放弃吧,因为你们永远找不到那张地图。"

这时候我们就把这件事放下了。但是第二天我想向乌勒借他的《一千零一夜》看一看,因为外边下雨,我想在屋里看看书。拉赛和布赛不在家,我就走进他们的房间,想通过那棵椴树爬到乌勒的房间去。

过去椴树上住着一只鸟,树干上正好有一个洞,它的窝就在那里。现在它已经不住在那儿了,但是我经过它的窝时,发现从窝里耷拉出一根绳子。

"天啊,小鸟要绳子干什么呀",

我一边想一边用手拉了一下。绳子的另一头拴着一个纸卷。啊,是一张地图!我大吃一惊,差点儿从树上掉下去。我已经忘了借《一千零一夜》那本书的事,赶紧爬回拉赛和布赛的房间,然后使劲跑着去告诉布丽达和安娜。我跑得太急了,一下子摔倒在楼梯上,摔破了膝盖。

啊,布丽达和安娜简直高兴死了!我们赶忙往牧草房跑,没过多久我们就找到了所有的草洞,男孩子们在牧草里挖了很长很长的通道,一切都标在地图上。当你爬进这样的通道时,里边很黑,周围都是牧草,你不能不想到:

"想想看,我如果出不去怎么办!"

通道里紧张有趣。不过总是可以走出来。只是通道里黑,草洞里很亮,因为草洞紧靠着墙,从墙缝里照进光来。草洞很大很漂亮,我们知道男孩子们费了很大力气才把它们建成。一条很长很长的通道连着最后一个草洞,我们觉得好像永远没有尽头。我在前面爬,布丽达和安娜跟在后面。

"你们看,我们进了八卦阵,永远找不到尽头。"布丽达说。

但是就在这个时候,我看到前面有光,那是最后那个草洞。乓——拉赛、布赛和乌勒坐在那里。当我们出现在他们面前的时候,他们大吃一惊!

"天啊,你们怎么能找到这儿来呢!"拉赛说。

"哈哈，我们当然是找到了地图，"我说，"这有什么难找的。多容易找的一个地方！"

这回拉赛显得有点儿吃惊。他想了一会儿以后说：

"好吧！妞儿们也一块儿玩吧！"

后来我们一整天都在草洞里玩，外边下着雨，在洞里玩特开心。但是第二天拉赛说：

"现在你们已经知道我们的秘密了，我们也必须知道你们的野草莓生长地，这样才公平。"

"你这样认为吗？"我们说，"但是你们也应该像我们找草洞一样，自己去寻找。"

不过为了好找一些，布丽达、安娜和我在地上放了木棍作为路标。但是路标与路标之间的距离很大，要花很长时间才能找到野草莓生长地。最好的那块野草莓生长地，我们没有放路标。那是我们的秘密，我们永远、永远、永远不告诉任何人。

我们睡在牧草房里

有一天布赛对我说：

"今天夜里拉赛和我想睡在牧草房里。还有乌勒，如果他家里人同意的话。"

"只有无家可归者才睡在牧草房里。"我说。

"当然不是，"布赛说，"我们问过妈妈了，我们可以睡在那儿。"

我赶紧跑去把这件事告诉布丽达和安娜。

"那我们就睡在我们家的牧草房里，"她们说，"你也睡在那儿吧，丽莎。"

我们就这样定下来。哎呀，一定会非常开心！真挺气人的，是男孩子们想出来的，而不是我们。我跑回家，问妈妈我能不能睡在牧草房里。妈妈认为，小姑娘不应该睡在牧草房里，我说，小姑娘也应该有点儿开心的事，不应该仅限于男孩子。最后妈妈同意了。

我们心急得几乎等不到晚上。拉赛说：

"小妞儿们也想睡牧草房！你们大概不敢！想想看，如果来了幽灵怎么办？"

"我们当然敢。"我们说。我们为自己准备好三明治，以备夜里我们饿了的时候吃。这时候男孩子们也为自己准备了三明治。

晚上8点钟我们离开家。男孩子们睡中院牧草房，我们睡北院的。我们每个人拿一块给马保温用的毯子。乌勒·库里分克带着斯维普。他是幸运儿，有一只狗！

"晚安，小不点儿无家可归者。"爸爸说。而妈妈说：

"你们明天早晨进来的时候，想着说买牛奶。所有的无家可归者都这样做。"

当我们跟男孩子们说晚安的时候，拉赛说：

"睡个好觉！如果你们能的话！去年他们在北院牧草房的牧草里找到一条毒蛇。我不知道今年那里还有没有？"

布赛说：

"可能有，也可能没有！但是那里肯定有一群小田鼠。嗨呀，真可怕！"

"可怜的孩子们。"我们对男孩子们说，"你们害怕田鼠吗？如果怕的话，那就回家，躺到自己的床上去吧。"

然后我们就带着毯子和三明治走了。外边还很亮，但是牧

草房里已经很黑了。

"哇哇,我睡在中间。"我高声说。

我们在牧草堆上铺好了毯子。牧草的味道很好闻,但是有点儿扎肉。不过我们裹着毯子,躺在那里还是很舒服的。

我们躺着互相说话,不知道一个真的无家可归者一年四季睡在牛棚里是怎么度过的。安娜说,她相信一定很开心。我们一点儿都不困,只是有点儿饿。天还没黑,我们就把所有的三明治都吃光了。但是最后我们四周真的黑下来,当我们把手伸到眼前时,我们根本看不见手。我很高兴,我能躺在布丽达和安娜中间。牧草里老是沙沙地响。布丽达和安娜紧紧地靠着我。

"想想看,如果真的来了一个无家可归者,不问一问就躺在这儿,那可怎么办?"布丽达小声说。

我们默默地躺着,想了一下这个问题。这时候突然听到喊叫声,一种非常恐怖的喊叫声!听起来就像成千上万的幽灵一

起在喊叫。我们差点儿被吓死！不过没有死，只是惊叫起来。哎呀，拉赛、布赛和乌勒笑得那么开心！刚才喊叫的是他们。刚才牧草里沙沙的响声也是他们发出的，那时他们正往这里爬。布丽达说，受惊吓的人非常危险，血管里的血因受惊吓会凝固，她说，她要告诉自己的妈妈。这时候拉赛说：

"哎呀，这不是开玩笑嘛！"而布赛说：

"饶舌鬼，喝凉水。乒乓！"

安娜说，她觉得自己血管里的血好像已经有一点儿凝固了。

最后男孩子们回到自己的牧草房。我们思索着，我们也偷偷地到他们那里去，吓一吓他们，但是我们已经很困，没有力气了。

我们由于北院的鸡叫和寒冷而醒来。哎呀，真是太冷了！我们不知道几点了，但是我们想大概该起床了。我们刚刚从牧草房的门探出头，拉赛、布赛和乌勒就从中院的牧草房出来了，他们也被冻醒了。我们跑进我们家的厨房去暖和身体。啊，全家人没有一个醒来！大家都在睡觉，因为刚四点半钟。但是没过多久阿格达的闹钟就响了，她要起

来挤牛奶。她给我们大家热牛奶喝,还有小蛋糕。啊,真香,真香!

随后我赶紧爬到自己的床上,因为我觉得有点儿困,想再睡一会儿。发明床的那个人一定很聪明,因为睡在床上确实比睡在牧草房里舒服多了。

安娜和我离家出走

我认为，跟谁玩也不如跟安娜玩有意思。我们玩过很多次过家家，只有她和我知道。有时候我们装作是两位夫人，经常互相拜访。安娜叫本特松夫人，我叫拉尔松夫人。安娜装作本特松夫人时，样子显得很高贵，讲话也甜甜的，我装作拉尔松夫人时，讲话也甜甜的。有时候我们玩本特松夫人和拉尔松夫人吵架了，这时候安娜说：

"拉尔松夫人，还是把你的讨厌孩子领回家去吧！"

她说的"讨厌孩子"就是我的玩具娃娃。这时候我说：

"我认为真正讨厌的是本特松夫人的孩子！"

但是随后我们又

和好了，我们装作到商店去买丝绸、天鹅绒和糖果。我们使用我们自己在爷爷那里制作的假钱。我们很担心拉赛和其他男孩子听见我们过家家，如果他们听见会嘲笑我们。爷爷听见没关系，因为他有时候也跟我们玩过家家，我们用假钱跟他买东西。

天下雨的时候，我们经常坐在爷爷那里给他读报纸。在爷爷很小的时候，他的妈妈和他的爸爸就去世了，他只得到别人家里，他们对他一点儿也不好。虽然他还很小，但是要做很重的活儿。他经常挨打受骂，却吃不饱饭，最后他忍受不下去了，离家出走。在他来到善良的人家并定居下来之前，他有很多鲜为人知的冒险经历。

有一天下雨，安娜和我坐在爷爷那里给他读报，安娜说：

"爷爷，请你讲一讲你是怎么样离家出走的。"

"哈哈，呀呀，"爷爷说，"你们不是听过很多次了吗？"

但是我们吵着还要听，这时候他又讲起来。后来安娜说："离家出走很有意思。我也很想离家出走。"

"是有意思,不过必须先要有几个恶人,这样你才有理由离家出走。"我说。

"大概不需要,"安娜说,"没有恶人也可以离家出走。就出走一会儿!随后就回来。"

"那好吧,让我们离家逃走。"我说。

"你看怎么样,爷爷?"安娜说,"你觉得我们这样做行吗?"

爷爷说:"还行吧,你们不妨离家出走一会儿。"这时候我们决定离家出走。离家出走一定要在夜里,不能让人知道。我们对爷爷说,他不得告诉任何人。他保证不会。

我一到晚上就打不起精神,所以我真不知道,在离家出走之前怎么样才能不睡着。但是安娜说:

"你睡吧!我们用一根绳子拴住你的大脚趾,把绳子挂在窗子外边,我来的时候使劲拉绳子,那时候你就醒了。"

安娜说,她要采一些杜松子枝,放在床上,她相信这样她就可以熬到别人都睡着了。

然后我们问爷爷,离家出走要带什么东西,他说应该带一点儿吃的,可能的话带一点儿钱。我们想当天夜里就走,所以收拾好一切,时间是很紧的。我去找妈妈,想要几个三明治,妈妈说:

"怎么回事,你现在又饿了?我们不是刚刚吃过晚饭吗?"

我不能说，我要三明治干什么用，所以我没有回答。然后我从间菜苗挣的钱里拿出几个克朗，放在枕头底下。我找来一根很长的绳子，准备拴我的大脚趾。

晚上我们所有的孩子玩圆场棒球，到了回家睡觉的时候，安娜和我互相使了个眼色，并小声说：

"10点30分！"

当我跟妈妈和爸爸说晚安的时候，我使劲拥抱他们，我想，我将有很长时间看不到他们。当妈妈说"明天你和我要采一点儿红醋栗"的时候，我觉得妈妈好可怜，她根本不知道，明天她就没有女儿了。

随后我走进我的房间，用绳子拴住大脚趾，把绳子扔到窗子下边，然后上床睡觉。我想，抓紧时间睡一会儿，免得离家出走时累。

平时我头放到枕头上就睡着，但是现在不行了。我尽了最大的努力，但是我在床上一动，绳子就使劲拉大脚趾。我想，明天早晨妈妈进来看见我的床上空了的时候，她会说什么呢？我觉得她太可怜了，所

以我开始掉眼泪。我哭了很长很长时间。

突然我就醒了。我感到大脚趾有点儿奇怪,一开始我没有明白是怎么回事。但是随后我想起来了,有人正在拉绳子。

"好,安娜,我马上来。"我一边喊一边从床上跳下来,走到窗子跟前。这时候天已经大亮。拉赛正站在窗子底下拉着绳子。

"哎呀,哎呀,"我喊叫着,"别动!"

但是拉赛还是拉。

"别动。"我喊叫着。

"为什么?"拉赛说。

"因为绳子拴着我的大脚趾。"我高声说。

这时候拉赛一边笑一边说:

"我钓上一条很有意思的鱼!"

然后他想知道,拿这根绳子的用意,但是我不想告诉他。我朝北院跑去,我想安娜可能一个人离家出走了。布丽达坐在台阶上,正跟小猫赛山玩。

"安娜在哪儿?"我说。

"睡觉呢。"布丽达说。

我走进女儿房,她躺在那里正打呼噜。我试图用绳子拴住她的大脚趾,但是这时候她醒了。

"哎呀,"她说,"几点钟了?"

当我说已经是早晨 8 点钟的时候,她静静地坐了很长时间。然后说:

"那些夜里睡不着觉的人,他们可以躺在杜松子枝上试一试。你不知道有了它会睡得多么香。"

随后我们去爷爷那里给他读报,当我们蹦蹦跳跳走进他房间时,他吃了一惊,并且说:

"怎么回事!你们没有离家出走?"

"下次吧。"我们说。

我们建造游戏室

最后我们在牧草房玩烦了。拉赛、布赛和乌勒一大早就跑得无影无踪。我们不知道他们到哪儿去了,我们也不关心,因为我们自己玩得特别开心。在南院后边的牧场里,有很多特别有意思的小山坡和石头。我们经常在那里玩,布丽达、安娜和我。有一天布丽达突发奇想,让我们在一个大石头缝里建造一个游戏室,要真的像一个小房子。

啊,我们玩得真开心!我们建造了一个非常漂亮的游戏室,它是我们看到过的最漂亮的游戏室。我问妈妈,能不能要几块小的布条地毯,我们如愿以偿。我们把它铺在石头地上,这时候看起来更像一间房子。我们拿装糖用的箱子,拼成一个柜子,我们在中间放一个四方的箱子当桌子。布丽达向她妈妈借了一条花格头巾,我们把它当桌布铺在桌子上,我们每个人都坐自己拿的板凳。我还拿了我的漂亮的粉色小型咖啡具,安娜拿了自己带小花的果汁瓶和玻璃杯。所有的东西都放进装糖

用的箱子里,当然我们都铺上了衬纸。然后我们还采来一大把蓝铃花和牛眼雏菊,插进有水的玻璃瓶里,放在桌子中间。啊,真漂亮!

阿格达那天烤面包,我们借此机会做了几个很小很小的过家家蛋糕。然后我们坐在游戏室桌子旁边,喝我的粉色咖啡具里的咖啡,吃小蛋糕。安娜倒出果汁瓶里的果汁,我们也喝果汁。

我们玩一个游戏:布丽达装作家庭女主人,叫安德松夫人,我装作女仆,叫阿格达,安娜装作孩子。我们采摘附近的山莓,把它们包在一块白布里榨汁,我们装作想做干奶酪。装作安德松夫人的布丽达对我说:

"阿格达学着把奶酪做得好一些!"

这时候我说：

"安德松夫人自己就会制作老式的干奶酪，干吗不就自己做呢。"

我刚说完这句话，就看见布赛的头发从一块石头后边伸出来，我对布丽达和安娜说：

"男孩子们偷听我们说话了。"

这时候我高声说：

"哈，我们已经看到你们，你们最好过来吧。"

拉赛、布赛和乌勒跑过来，他们装模作样地高声说：

"阿格达能不能制作安德松夫人的老式干奶酪！"

他们吵得我们不得安宁，这一天我们无法再玩下去。拉赛希望我们一块儿打圆场棒球，我们打了。不过拉赛挺气人的，他出洋相说：

"安德松夫人能不能跑快一点儿！注意看球，安德松夫人！"

就像我说的——
男孩子无秘密可言

第二天早上,我们一吃完粥,拉赛、布赛和乌勒就溜走了。布丽达、安娜和我在我们的游戏室玩了整整一个上午,玩烦了的时候,我们开始猜测,男孩子们每天到底去什么地方。我们过去没怎么想过这个问题,但是我们现在一想,发现我们有一个星期没有看到他们,除了晚上我们在一块打棒球以外。

"我们偷偷地去找他们。"布丽达说。

"对,"安娜和我说,"我们偷偷地去找他们。因为我们一定要知道他们在干什么。"

中午的时候,我们坐在台阶上观察动静。突然拉赛来了,过了一会儿布赛来了,又过了一会儿乌勒也来了。但是他们来自不同的方向。这时候我们明白了,他们有了不让我们知道的秘密,不然他们会一起来。我们在台阶上玩娃娃玩具,免得男孩子们怀疑我们在盯梢。中午我们都一起回家吃午饭,但是一吃完饭我们赶紧又回到台阶上。

过了一会儿拉赛出来了。我们正在玩娃娃,拉赛逗了逗小猫莫列,一会儿就匆匆忙忙地走了。但是他刚一消失在房角后边,我们就像箭一样跑进我的房间,因为从那里的窗子我们能看到他。他小心地朝四周看了看,然后跑步穿过红醋栗丛,跳过我们院子的石头围墙,我们就看不到他了。紧接着布赛就来了。他偷偷地消失在与拉赛相同的方向。

"请注意,"布丽达说,"过不了多久乌勒就会来。走,我们赶快藏到红醋栗丛中去!"

说走就走。我们趴在树丛后边,静静地坐在那里,过了不大工夫乌勒就跑来了。他从离我们很近的地方跑过去,我们几乎可以抓到他,但是他没有发现我们。我们偷偷地跟在他后边。

我们院子后边有一大片牧场。那里长着密密的榛树丛、杜松树丛和各种各样的灌木。爸爸说,他要砍掉这些树丛,以便奶牛能吃到更好的牧草,但是我希望他不要砍,因为那里有很多捉迷藏的好地方。

我们偷偷地跟在乌勒后边走了很远的路,走着走着他突然钻进了一片密密的荆棘丛,转眼间就不见了。我们费了很大的力气也没抓住他。我们知道,男孩子们就在牧场里,我们仔仔细细找了很长时间,但是连他们的影子也没看到。这时候安娜说:

"现在我知道该怎么办了!我们把斯维普带来!它能找到乌勒。"

布丽达和我都认为,安娜想的主意好。我们跑到南院,问乌勒的妈妈,我们能不能借斯维普玩一会儿。

"你们当然可以借。"她说。当斯维普知道我们要带它去散步时,非常高兴,它又蹦又叫。这时候我们对它说:

"斯维普,乌勒在什么地方?我们去找乌勒!"

斯维普开始在地上闻,我们只要跟着它就行了。穿过红醋栗丛,它在牧场跑着,我们跟在后边。我们在榛树丛中快速穿行着,突然它扑向乌勒。因为乌勒就站在那里,他旁边是拉赛和布赛。秘密也在那里,所谓秘密就是男孩子们在牧场的树上搭的一间小房子。

"哈哈,这回你们不神气了吧。"我们说,他们都蔫了。

"别再跟我们保守秘密了,"我们说,"因为我们逐渐把一切都会搞得真相大白。"

"不错,如果你们用狗进行跟踪的话,不错。"拉赛说。

斯维普高兴地跳来跳去,它以为它立了一大功。我们说,晚饭时要给它一大块肉骨头吃。

男孩子们建的房子非常漂亮。他们在四棵树之间钉上几块木板,四棵树成了方形,每一个墙角是一棵树,他们在四周放上杜松枝当作墙,拉赛说所以这样做,是因为木板不够用。然后他们在上边盖上小木板当屋顶,然后再铺上一块旧的给马保温用的毯子。

"你们认为,要不要让小妞们跟我们一起玩?"拉赛问布赛和乌勒。

"啊,你自己觉得怎么样?"他们说,因为他们想先听一听拉赛的看法。拉赛说,我们可以跟她们一起玩。

然后我们在小房子里玩印第安人的游戏。拉赛当酋长,名字叫"健壮的豹子",布赛叫"飞鹿",乌勒叫"飞鹫"。布丽达叫"吼叫的熊",安娜叫"黄色的狼",我叫"狡猾的狐狸"。我本来想叫好听一点儿的名字,但是拉赛不同意。我们的小房子里没有火炉,但是我们装作有。我们坐在火炉周围,表明部落酋长之间正在和平谈判。我们还抽"甘草烟斗",实际抽的是一种甘草。我咬了很小很小一块,还真甜。男孩子们自己制

作了弓箭和箭头,他们也帮我们做了。拉赛说,在牧场的另一头住着其他印第安人。他们叫科曼切人,凶悍、危险,必须把他们打败。我们手持弓箭,冲过牧场,发出可怕的叫喊声。

在牧场的另一头,我们的奶牛正在那里吃草。拉赛说,它们就是科曼切人。他说从名字就可以听出来。哎呀,科曼切人拔腿就跑!拉赛用印第安语在它们身后喊叫什么,但是我不相信它们能听懂。

我们又开学了

暑假放了很长时间以后，至少我觉得学校开学上课确实很有意思。布赛说，他要写信给国王，请他关闭所有的学校，但是我希望国王不要这样做。因为我喜欢学校，我也喜欢我们的女教师，喜欢我的同学和我的教科书。发了新书以后，我给它们都包上新书皮，还贴上有我名字的标签。拉赛和布赛没有给新书包书皮，不过妈妈和女教师也没有要求他们一定要包。他们对自己的书乱贴乱画。拉赛从各种周刊上剪下代表年老懒汉形象的克鲁诺布鲁姆的头像，代表调皮孩子形象的科诺尔和托特的

头像，以及其他类似的人物，然后把他们贴在地理课本上。他说这样才能丰富多彩，这一点我相信。因为如果一张插图底下写着"中国农民种水稻"，这时候你能看到，躯体、四肢是中国人，但脸是克鲁诺布鲁姆的。

我们吵闹村的孩子都一起上学。因为路远，每天七点钟必须离开家。我们带着三明治和牛奶，午饭的时候在学校吃。有的时候拉赛、布赛和乌勒还没走到学校，半路上就把带的东西吃光了。

"把饭吃到胃里和背在身上还不是一回事。"拉赛说。

我们的女教师住在学校楼房的顶层。她有一间很漂亮的房子，里边有一架钢琴和很多书，还有一个小巧的厨房。我们帮助她抱木柴。我们有时候从她那里借书，她有时候请我们喝巧克力饮料。

有一次女教师生病了，我们到学校才知道，所以这一天就不能上课。除了我们吵闹村的孩子别的孩子都事先知道了，因为大庄村有电话，而吵闹村没有。学校锁了门，那里没有学生，也没有女教师，我们不知道应该做什么。最后我们走上楼梯，去敲女教师的门。

"请进。"女教师说。

我们走进去。她躺在床上，病得很厉害。本来说好有一个老太太来照顾她，但是没有来。这时候女教师问我们是否愿意

帮助她,我们当然愿意。男孩子们去抱柴,布丽达生炉子、打沏茶的水。我拖地、给女教师拍打枕头,安娜准备托盘。然后我们给女教师送上茶和三明治。

女教师说,她午饭非常想吃炖牛肉,她家里有牛肉。如果她指点我们,她不知道我们能不能给她做这道菜吃。

"我们可以试一试,"布丽达说,"如果做不成真正的炖牛肉,也能变成其他的菜。"

不过还是做成了炖牛肉,现在我知道了,怎么样做炖牛肉,我长大了的时候,不用再学习了。女教师请我们每个人尝一尝,啊,真好吃。随后布丽达洗碗,安娜和我把餐具擦干。拉赛、布赛和乌勒自始至终坐在女教师的书架旁边看书。因为

男孩子什么都不会干。我们在女教师家待了很久,直到学校平时放学的时候。这时候我们问她,第二天是否还休病假?她想休。我们又问,我们能不能再来照顾她?女教师说,如果我们愿意的话,她当然高兴。

第二天布丽达、安娜和我又来到女教师家,她躺在没有整理好的床上。她正想吃燕麦粥,真可怜。我们扶她坐在摇椅上,然后我们把她的床收拾得整整齐齐,当她回到床上的时候说,她躺在床上,觉得像公主一样。我们为她煮了燕麦粥,然后她喝咖啡,吃我从家里给她带来的新鲜小蛋糕。这时候女教师说,生病确实挺开心的。但是糟糕的是,第二天她就痊愈了。

不然我们能学会做更多的菜。

秋冬季的时候,我们早晨上学和下午放学天都很黑。一个人在黑暗中走路肯定很孤单,但是我们六个人一起走就很有意思。这条路几乎都穿行在森林里。拉赛竭力让我们想象,森林里到处是妖魔鬼怪和巨人。可能真是这样,不过我们从来没有看见过。我们回家的时候,天上经常有星星闪耀。拉赛说,天上有2500054颗星星,他说,他知道每一颗星星的名字叫什么。但是我认为他在瞎编,因为有一次我问他一颗星星的名字,他说叫"大好星"。但是第二天放学回家,我又问他同一颗星,他却说叫"皇后冕"。

"嗨呀,昨天你说叫'大好星'。"我说。

这时候拉赛说:

"不对,不是那颗星星!'大好星'昨天夜里已经坠落了。这颗星就是叫'皇后冕',相信我吧!"

放学回家的路上,我们有时候唱歌:"我们无论走在森林的什么地方,到处都是河谷和山冈。"想想看,如果有人听到了,他们肯定会问,这是谁在唱歌!因为天那么黑,他们不可能看清楚,是我们吵闹村的孩子,在黑暗中一边走一边唱歌。

我们化装玩

去年秋天的一个晚上,吵闹村孩子的父母都到大庄村的商人家去赴宴,只有我们这些孩子在家。还有爷爷,还有阿格达。我用手电筒朝布丽达和安娜的窗子照了三下,意思是:马上到这儿来!我有事要说。

没过多久,我就听见她们在上楼梯。其实没有什么要说的,我只希望找一点儿开心的事玩。我们先看我的书签,打了一会儿牌。后来我们想起来,到楼下跟阿格达聊天去。这时候安娜想出了很开心的事。我们都化上装,阿格达可能认不出我们。哎呀,马上动手。阁楼里挂着很多衣服,不是妈妈的,就是爸爸的。布丽达说,她想化装成一位绅士,所以她穿上爸爸的花条裤子、棕色上衣,戴上爸爸的黑色圆帽。裤腿当然长了,她就把长的部分用别针别起来,把衣袖卷起来。她还拿一块烧过的木塞炭画了胡子。她的样子像一个有趣的小老头儿,安娜和我笑得几乎穿不上裙子。我穿妈妈的一件黑裙子和一件

花上衣，还戴了一顶薄纱的帽子。当我用薄纱把脸遮住时，布丽达和安娜都认不出我了。安娜也想有一块薄纱，但是我们没有找到，也没有找到帽子，安娜头上只好戴一块头巾。她也穿了一条长裙和一件毛料上衣。

拉赛和布赛待在乌勒家，所以我们从楼梯下来时，没有人看见我们。我们走出大门，朝厨房走去，并敲起门。我们敲得很响。

"谁呀？"阿格达在屋里问，听声音她有些害怕。一开始我们不知道怎么回答，但是后来布丽达用粗嗓子说：

"无家可归者！"

"你们不能进来，人都不在家。"阿格达说。

"我们要进。"我们一边喊一边砸门。但是我们忍不住笑了。我竭力想偷偷地笑，可还是笑出了声，我想阿格达肯定听出来了。她小心地打开门，我们趁机挤了进去。

"这回我可开了眼界，"阿格达说，"请问在外边转来转去的这位仪表堂堂的绅士尊姓大名？"

"我叫卡尔松先生,"布丽达说,"这是我的夫人。"

"卡尔松先生的夫人真漂亮,"阿格达说,"一位不够,还有两位。我能请先生喝点儿果汁吗?"

她当然可以。我们喝了果汁,尽量装作大人的样子,我们穿上大人的衣服以后,比平时显得自在多啦。

后来我们想起来,应该到南院去,到男孩子面前去显摆显摆。因为门没有锁,我们直接往里走。当我们通过阁楼去乌勒房间时,安娜被自己的裙子绊倒了,发出很大的响声。这时候乌勒出来开门,想看看出了什么事。啊,他刚一看到我们,确实吓了一大跳,因为阁楼很暗,只有从开着的门照射进来的一点儿亮光。他以为真是三个幽灵站在楼梯上。

当拉赛看清是我们化了装的时候,他也想化装,布赛和乌勒也想。拉赛穿上乌勒妈妈的一件连衣裙,还穿上了高跟鞋。布赛和乌勒穿的是男士的衣服。拉赛一边跑一边挥舞双臂,并用很尖的嗓音说:

"夫人做的椒盐饼干怎么会这么好吃?我能不能讨个配方?"

他以为,年龄大的女士就是讲这些话。

然后我们一起去看爷爷,告诉他我们都化了装。他自己看不见,很遗憾。但是我们给他演了很长时间的戏,这出戏是我们自己编的。拉赛在戏中扮演一个愤怒的妈妈。啊,我们被他逗得开怀大笑。爷爷也笑了,尽管他看不见,只能听。

暴风雪

现在我要讲一讲圣诞节来临之前的那场暴风雪。爸爸说,他从来没见过这么大的暴风雪。

从十二月初开始,我们每天上学拉赛都说:

"你们等着瞧吧,到圣诞节也不会下雪!"

他每次这么说我都很伤心,因为我喜欢下雪天。但是时间一天一天过去,连个小雪花也没下。不过,天啊,就在圣诞节那周,我们正坐在教室里上课,布赛喊叫起来:

"看呀!下雪啦!"

外边真的下雪啦!我们高兴得一齐叫起来。女教师说,我们起立,唱"此时冬天已经来临"。

当课间休息我们走出来时,校园里已经盖上一层薄薄的白雪。我们用脚在雪地上踏出一个"8",整个课间休息我们都沿着"8"一边跑一边欢呼。不过拉赛说:

"啊,看来这里不会下更多的雪。"

第二天我们上学的时候,路上已经有很多雪,在上面走很吃力,而雪还在继续下。但是拉赛说:

"看来这里不会下更多的雪,到圣诞节就化没了。"

不过他就等着瞧吧。当我们跨进校门的时候,雪下得更大了。雪下得那么大,窗子外边一片银白,连校园都看不出来了。雪一整天都没停,并开始刮起了大风。风不停地刮,雪不停地下,风雪交加,最后女教师不安起来,她说:

"我不知道,你们吵闹村的孩子今天怎么回家。"

她问我们愿意不愿意留在她家里过夜,我们心里确实很愿意,但是我们知道,如果我们不回家,吵闹村所有的人都会不放心。所以我们说,我们不能,这时候女教师说,最好在天黑之前你们马上回家。

我们一点钟离开学校。啊,路上的积雪可厚了!还刮着大

风!我们直不起腰,几乎是爬着往前走。

"你不是要雪吗,现在够了吧?"布丽达生气地对拉赛说。

"圣诞节还没到。"拉赛说。但是风很大,我们听不见我们说的话。

我们走呀,走呀,走呀。我们手拉着手,免得谁走丢了。雪已经没了我们的膝盖,我敢说谁也走不快。风把我们吹透了,我们的手、脚和鼻子冻得失去了知觉。最后我的腿迈不动步了,我对拉赛说,我想休息一下。

"绝对不行。"拉赛说。安娜也累了,也想休息,但是拉赛说,停下来休息很危险。这时候安娜和我开始哭,因为我们觉得我们永远也回不了吵闹村了。我们当时只走了一半路。但是这时候乌勒突然说:

"我们到鞋匠那里去吧!他总不能把我们的鼻子咬掉吧。"

安娜和我想到鞋匠那里去,即使他咬掉我们的鼻子也认了。

风刮得很大,我们几乎是被大风刮进鞋匠的门里。他看见我们的时候,不是特别高兴。

"这样的坏天气,你们这群孩子在外边做什么?"他说。

我们不敢说,我们离开家时天气没这么坏。我们脱了罩衣,坐在那里看他钉鞋。我们已经很饿,但是我们也不敢说。鞋匠给自己煮了咖啡,然后自己喝,还吃了三明治,但是他没有让一让我们。跟上次遇到坏天气,跑到枫树半岛克里斯婷家

里完全不一样。天黑的时候,雪停了,风也住了,但是路上有很深的积雪,我们不知道我们怎么能回家。啊,我是多么想念吵闹村,多么想念妈妈,多么想念我的床呀。

啊,真好,正在这个时候我们听到雪地上有铃铛响,我们跑到窗前去看。是爸爸驾着除雪爬犁来了。我们打开门,高声对他叫着,尽管鞋匠说:

"别把严寒放进来!"

爸爸看见我们非常高兴,他高声告诉我们,他本来想驾着除雪爬犁到大庄村接我们,没想到半路就接到了。

他是接到我们了。安娜和我坐在雪爬犁上,其他人走在后边。犁过雪的路很平坦,走起来不费什么力气。当我们到家的时候,妈妈站在厨房窗子旁边,不安地看着。拉赛、布赛和我吃了肉菜汤和面尜尜,我从来没吃过这么好吃的菜,我吃了三碗。然后我立即上床睡觉,真舒服。妈妈说,她已经感觉到,爸爸一定要驾雪爬犁去接我们,她相信我们一定困在半路上。真幸运,妈妈意识到了,不然我们整夜都会坐在鞋匠那里。

迎接圣诞节

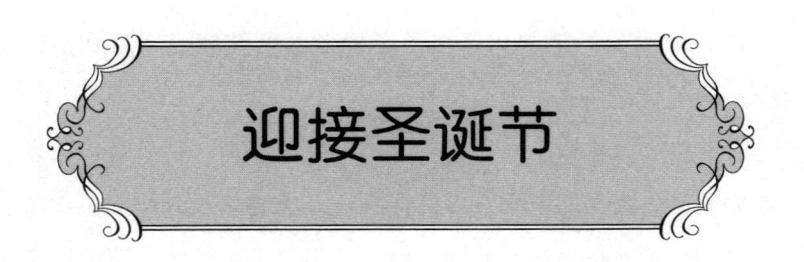

第二天阳光普照，所有的树木银装素裹。这是圣诞节前最后一天上学。女教师说，她整夜没有合眼。她说，她躺在床上，一直惦记着我们能不能克服路上的暴风雪。

因为是圣诞节前的最后一天，女教师给我们讲圣诞节的故事。一切都显得那么美好。就在我们要回家的时候，传来了最好的消息。原来女教师曾经给斯德哥尔摩写信，给我们预订了童话书。我们看过一大串书目，各种童话书的封面都有漂亮的插图，我们选订我们要买的书。我订了两本，拉赛和布赛每个人也订了两本。我的书上有很多漂亮的王子和公主。今天正好是最后一天上学，恰好女教师收到了订书。她走过来走过去，把书分给大家。我都有点儿等不及了，但是妈妈说过平安夜时我们才能读。

我们回家之前唱了很多圣诞之歌，女教师祝我们圣诞快乐。我保证，我肯定会过得快乐。

布丽达、安娜和我跑到商店里买了红、黄、绿、白和蓝亮光纸,因为我们想制作挂在圣诞树上的纸花篮。然后我们回家。天是那么明亮、那么美好。

突然布丽达掏出自己的童话书,她闻了闻。随后我们大家都闻起来。新书闻起来真香,似乎让人感受到,读起来一定非常开心。接着布丽达开始读,她的妈妈也告诉过她,要等到平安夜才能读。但是布丽达说,她只读很小很小一段,她读完了这段以后,我们大家听了都觉得惊险、有趣,我们说,她应该再读一小段。她又读了一小段。但是一读起来就不可收拾,因为哪段听起来都非常惊险。

"我一定要知道,公主最后被魔化了,还是没有被魔化。"拉赛说。

这时候她必须再读一段。我们就这样一段一段地读,当我们回到吵闹村家里的时候,布丽达已经把整本书都给我们读完了。不过布丽达说没关系,平安夜的时候,她会再读一遍。

妈妈和阿格达正在家里制作圣诞节香肠,处处放着很多东西。我们一吃完晚饭,就走出去了,拉赛、布赛和我,我们在院子里堆了一个雪灯。布丽达、安娜和乌勒也来帮忙。

椴树上落着很多麻雀、红腹灰雀和大山雀,它们显得很饿,我跑去问爸爸,能不能提前拿出圣诞节谷穗给它们吃?爸爸同意了。我们大家一起跑进仓房,拿来5棵燕麦穗,这是我

们打场时特意留的圣诞谷穗。我们把它放在院子里的苹果树上，没过多久，鸟就站在那里吃起来。它们大概以为，现在就到了平安夜。圣诞谷穗、积雪和周围的一切都十分漂亮。

到了晚上，布丽达、安娜和我坐在爷爷那里，制作圣诞树花篮。男孩子们也在那里。一开始他们不愿意帮忙做圣诞树上的花篮，但是过了一会儿，他们也做起来。我们大家在爷爷的圆桌周围，做了54个花篮，我们平分，北院18个，中院18个，南院18个。爷爷请我们吃苹果和冰糖。我坐在那里的时候一直在想，我们第二天应该烤椒盐饼干。在这里差不多与平安夜一样开心。

正在这个时候拉赛跑到院子里，点燃了冰灯里的蜡烛。啊，黑暗中的冰灯漂亮极了。当我看着院子里明亮的冰灯时，我一直都在想那首圣诞歌曲："此时圣诞节站在雪中的大门旁，敲着大门和微笑。"我真的看到，圣诞节站在那里微笑，

跟雪灯完全一样。

"可怜的爷爷,你看不到雪灯,"安娜说,"我们为你唱歌好吗?"她问。因为爷爷特别喜欢听我们唱歌,这时候我们开始唱歌。我们唱的就是我刚才站在这里想的那首《此时圣诞节站在雪中的大门旁》。

"你难道不觉得圣诞节特别开心吗?"后来安娜小声问我。我回答说,我当然觉得开心,因为我喜欢圣诞节,它是我所知道的最开心的事情。过圣诞节的时候,我们吵闹村的孩子都特别开心。当然我们平时也挺开心,不论是春夏秋冬。啊,我们别提多开心了。

第二部

再说我们吵闹村的孩子

吵闹村的孩子
Chaonaocundehaizi

再说我们吵闹村的孩子

这些人是拉赛、布赛、我、乌勒、布丽达和安娜。我们都是吵闹村的孩子。拉赛、布赛和我住在中院,乌勒住在南院,布丽达和安娜住在北院。

北院里还住着爷爷。他当然要住在那里,因为他是布丽达和安娜的爷爷。不过我们吵闹村的孩子都管他叫爷爷,因为他是我们大家唯一的爷爷。

不过我们有好几个妈妈和爸爸。我的意思是,北院有一个妈妈和爸爸,中院有一个妈妈和爸爸,南院有一个妈妈和爸爸。不这样还能怎么样?除了我们家的女佣阿格达、长工奥斯卡尔和北院的长工卡莱以外,吵闹村就没有别的人了。啊,不对,南院还有一个人,一个很小很小的人,就是几个月前乌勒有了一个小妹妹。但是当一个人很小很小,连说话走路都不会的时候,可能不该算是一个完整的人吧。不过乌勒可不这么认为,他认为他的小妹妹比国王还重要。

现在我把住在吵闹村里的人都数齐了。当然，我没有算上乌勒的斯维普，我们的小猫马尔科默、莫列和赛山，也没有算上布赛的母鸡阿尔贝特娜，我们的奶牛、马、羊、猪和家兔，因为它们不属于人。尽管斯维普几乎跟人一样聪明，拉赛说比小妞们还聪明。

我们吵闹村怎么样过圣诞节

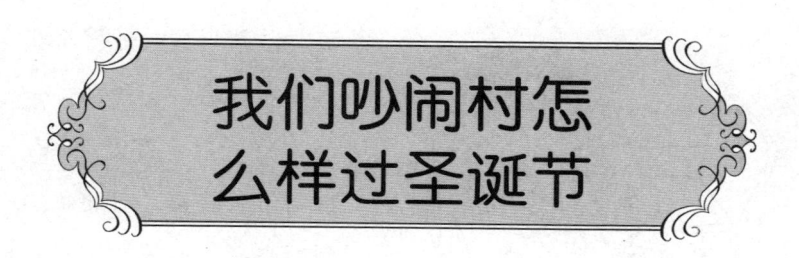

我不知道其他地方圣诞节从什么时候开始,在吵闹村是从我们烤椒盐饼那天开始的。真跟平安夜一样开心,拉赛、布赛和我每一个人要了一大块面团,做我们要烤的东西。哎呀,在我们最近一次要烤椒盐饼那天,拉赛把这件事忘了,他跟爸爸到森林里拾木柴去了!但是到了森林里以后他想起了今天是一个什么日子,拔腿往回跑,爸爸说,他蹬起的雪在他周围飞旋。布赛和我早已经开始烤面包,拉赛晚一点儿来没什么坏处,因为我们制作的最好的椒盐饼形象是一头小猪,如果拉赛在场,他肯定不让布赛和我做。而我们趁他不在的机会,制作了10头猪,他风风火火地从森林跑回来时,我们已经做好了。啊,这时候他拼命地追赶我们!快做完的时候,我们把剩下的所有小面块放在一起,做了一个当奖品用的竞赛椒盐饼。当天下午,我们把所有的糕饼都从炉子里拿出来了,我们又把322粒豌豆放进一个瓶子里,然后我们在整个吵闹村转,让大家

猜，瓶子里有多少粒豌豆。谁猜得最接近就将获得竞赛椒盐饼。我把每一个人猜的数字都记下来，最后爷爷获奖，对此我感到很高兴。他猜瓶子里有320粒，最接近。安娜，她猜3000粒，她大概有点儿疯了吧？

烤完椒盐饼的第二天，我们玩得也挺开心，因为我们到森林里去砍圣诞树。我们砍树的时候，吵闹村的爸爸们都跟着，所有的孩子当然也都去了。妈妈们要留在家里做饭，她们真够可怜的！我们赶着两辆平时用于从吵闹村往大庄村乳制品厂送牛奶的雪橇车。拉赛、布赛、我、乌勒、布丽达和安娜坐在雪橇车上。我的爸爸走在旁边赶车，乌勒的爸爸与布丽达和安娜的爸爸跟在雪橇车后边一边说话一边笑。我们在雪橇车上也一边说话一边笑。

森林里的雪很多，我们只有把挂在杉树上的雪打掉，才能看清哪些树形好看，哪些树形不好看。我们砍了三棵很大很漂亮的杉树，北院一棵，中院一棵，南院一棵。然后我们砍了一棵很小很小的放在爷爷的房间里，又砍了一棵小的送给住在枫

树半岛上的克里斯婷。

平安夜前的那天晚上我很伤心,因为我担心妈妈和阿格达来不及做好圣诞节的准备工作。厨房里杂乱无章,显得很不舒服。当我躺在床上睡觉时,我还掉了几滴眼泪。

平安夜那天早晨我醒得很早,穿着睡衣就跑到厨房去了。哎呀,真是太漂亮了!地上铺着新布条地毯,炉子旁边的顶柱周围挂着五颜六色的亮光纸,巨大的折叠桌上铺着一块圣诞桌布。我高兴得一把搂住妈妈。拉赛和布赛随后也跑来了,拉赛说,当他看见布条地毯时,他感到肚子里都有圣诞节气氛了。

每年平安夜那天上午,我们吵闹村所有的孩子都要到住在枫树半岛上的克里斯婷那里去,给她送上一大篮子好吃的东西,都是三位妈妈放进去的。不过我们先去爷爷那里,我的意思当然是布丽达和安娜的爷爷,我们祝他圣诞快乐,并且看布丽达和安娜装饰他的小圣诞树。我们也想帮一把,但是布丽达和安娜更希望自己做。爷爷看不见我们挂在圣诞树上的东西,因为他几乎完全失明了。不过我们告诉他上面有什么东西,这时候他说,他脑子里能看见。

当我们去住在枫树半岛上的克里斯婷家的时候,天气非常好,是理想的平安夜天气。有一条小路通向克里斯婷的房子,因为雪太厚,我们无法看到。拉赛拿着篮子,布赛和乌勒抬着那棵小圣诞树,布丽达、安娜和我什么也没拿。啊,克里斯婷

对我们的到来别提多惊喜了！啊，她可能是故意露出这种表情，因为她知道，我们每年这个时候都来。拉赛把篮子里所有的东西都拿出来，放在桌子上。克里斯婷不住地摇头，并且说：

"啊，啊，送来这么多东西，送来这么多东西！"

我觉得没太多的东西，不过也不算少。一大块火腿、一根香肠、一块干奶酪，还有咖啡、椒盐饼、蜡烛、糖果等，我没有全记住，我们把蜡烛插在克里斯婷的圣诞树上，然后围着圣诞树跳舞，我们只跳了一会儿，主要是为了晚上跳先练习一下。克里斯婷很高兴，我们走的时候，她站在门口向我们挥手。

回到家以后，拉赛、布赛和我装饰我们的圣诞树，爸爸也来帮忙。我们在阁楼里存放着挂在圣诞树上的红苹果，我们拿来我们自己烤的椒盐饼。我们把葡萄干和榛子放进我们在爷爷那里制作的篮子里。我们把妈妈小时候挂在圣诞树上的布娃娃天使也挂到圣诞树上。当然还有很多小旗子、蜡烛和糖果。啊，当圣诞树装饰好的时候，真是漂亮极了！

然后就该吃面包蘸肉汤了,吃完了以后,别的什么也不干,就是等着。拉赛说,平安夜晚饭后的那几个小时,大家只是等呀等呀,真要把人的头发等白了。我们等呀,等呀,有时候我走到镜子跟前照一照,看看是否真的把头发等白了。不过很奇怪,我的头发跟过去一样,还是棕色的。布赛不时地捶那个表,以为那个表停下了。

夜幕降临了,终于到了去北院和南院送圣诞礼物的时刻。天不黑的时候,不能送,因为那样缺乏气氛。拉赛、布赛和我都戴着圣诞老人的红帽子,拉赛还戴着他的圣诞老人面具,他今天晚上扮演圣诞老人(如今拉赛是我们家的圣诞老人。我小的时候,真以为有圣诞老人,不过现在我已经不信了)。然后我们拿上礼物包,悄悄地走进黑暗。天上繁星密布。当我向远方黑暗的森林望去时,心里暗想,也许那里真住着一个精灵,很快就会拉着满载圣诞礼物的雪橇过来。希望真的有。

北院厨房的前廊一片漆黑。我们敲门,然后打开门,把我们的圣诞礼物包扔进厨房。这时候布丽达和安娜跑出来,请我们一定要进去尝一尝她们家的圣诞饼和太妃糖。我们遵从主人的意愿。我们也得到了圣诞礼物包。布丽达和安娜戴上圣诞老人面具,我们大家一起到南院去找乌勒。乌勒正坐在厨房里等着我们呢。当小狗斯维普看见5个圣诞老人的时候,它高声地叫起来。乌勒也戴上圣诞老人面具。我们大家一齐跑出去,到

黑暗中去充当圣诞老人。我们假装是真正的圣诞老人，到处向人散发圣诞礼物。

夜晚最后总算到了，我们坐在厨房的大折叠桌周围吃晚饭。桌子上点着蜡烛，摆着很多美味佳肴，但是我特别爱吃火腿，当然还有粥。我也想吃杏仁，但是没吃着。我们中院有一个长工，叫奥斯卡尔。他非常喜欢我们家的女佣阿格达。谁如果吃到了粥中的杏仁，下一年就有幸结婚。啊，真好，那颗杏仁裂成两半，奥斯卡尔和阿格达每人吃了一半。哎哟，你看拉赛、布赛和我那个笑哇。阿格达生气了，她说都是这几个小孩子搞的恶作剧。不过那颗杏仁裂成两半，我们有什么办法。

我们还给粥编了顺口溜。拉赛是这样编的：

杏仁一分为二，
阿格达要变成奥斯卡尔的媳妇儿。

哎哟，编得多好啊！不过阿格达认为不好。但是当我们大家都帮助她洗碗的时候，她又高兴起来。我们所以这样做，就是为了互送圣诞礼物的时刻来得快一点儿。

随后我们坐在大厅里。圣诞树上的蜡烛点燃了，桌子上的蜡烛也点燃了。我激动得直打战，每当遇到美好和紧张有趣的事情时，我都会这样。爸爸朗诵圣经上的"耶稣儿童"。我朗

诵了几首特别美妙的诗歌,开头是这样:"你,小小的耶稣儿童,躺在草丛中……"诗里边说,耶稣儿童实际上应该得到一大堆圣诞礼物和一个蛋糕,我也认为应该这样。但反而是我们得到圣诞礼物。

当我们其他人正在唱"圣诞之晨露出霞光"时,拉赛偷偷地溜走了,过一会儿他又回来了,一身圣诞老人装束,背后背了一个大口袋。

"这里有没有听话的乖孩子?"他问。

"有,有两个。"布赛说,"我们还有一个淘气包,他叫拉赛。不过此时他正好不在。"

"他,我已经听说过了,"圣诞老人说,"他是这个国家最优秀的男孩子。他将得到比任何人都多的圣诞礼物。"

拉赛还是没有多得,我们得到的礼物一样多。我得到一个娃娃、三本书、一副有趣的牌、一块连衣裙布料、手套和其他一些东西,一共十五件圣诞礼物。我给妈妈绣了一块十字针脚的桌布,她非常高兴。我给爸爸买了一本日历,他也觉得开心。我喜欢给人家送圣诞礼物时,人家收下时非常开心,跟我自己得到礼物一样开心。我给拉赛和布赛送了锡兵。

随后我们围着圣诞树跳舞,这时候北院和南院的人都来助兴。爷爷也来了,尽管他不会跳舞。我们跳的舞是"此时圣诞又来临"和"收割燕麦,收割燕麦",至少跳了20遍。

睡觉前我把我所有的圣诞礼物都放在我床边的桌子上，这样我一醒来马上就能看到。

过圣诞节真是好，可惜不能经常过。

我们玩滑雪车

吵闹村很高,我们到大庄村上学、买东西,几乎一路都是下坡。不过我们回家的时候,就得走上坡。拉赛说,他长大了以后要当轨道工程师,发明一个能翻转的坡,那样就可以总是走下坡路。

从吵闹村通向大庄村的各种坡都是最理想的滑雪坡,整个圣诞假期我们都在那里玩滑雪车。

过完了今年最后一天圣诞节,我们把所有的圣诞礼物书都读完了,把所有的椒盐饼也都吃完了,这时候拉赛拿出我们家的大滑雪车。我们吵闹村的孩子都到高坡上去。拉赛掌舵。

"注意坡上往来的行人",我们大家一齐高声喊。其实没有必要,因为很少有人到我们这里的坡上来。不过,当我们飞速下滑的时候,一齐喊一喊还是很有意思的。回吵闹村可就费劲了,拉赛讲了很多他将来要发明的那个能翻转的坡。

"你能马上发明一个吗?"布赛说。

这时拉赛说,制造一个这样的坡要使用很多炸药、轮子和螺丝,要花10年才能建成。这么长时间,我们等不了。

当我们经过大大小小的坡,总算把滑雪车拉回去,并准备在我们畜圈外边再滑下去的时候,爸爸、乌勒的爸爸和布丽达、安娜的爸爸都从畜圈门里走出来。爸爸说:

"喂,孩子们,我们能借一下滑雪车吗?"

随后他们就坐在滑雪车上,埃里克叔叔和尼尔斯叔叔也坐上。他们顺着坡就滑了下去,我们等着。但是当他们回来的时候,他们还想再借一次,就因为坐滑雪车好玩,哎呀,大人也挺孩子气的!

不过这时候我们取来北院运木柴的滑雪车,跟在爸爸们后

边滑。当我们滑到半路的时候，我们看到他们躺在积雪当中，开心地笑着。

"你是怎么掌的舵，埃里克。"爸爸问。

实在没有办法让大人们停下来，他们滑呀，滑呀，滑呀，直到布丽达和安娜的妈妈出来，对埃里克叔叔说，他必须回家劈一点儿柴。

"我从来没玩得这么开心过。"埃里克叔叔笑着说，并用手拍掉身上的雪。

就剩下我们自己了，我们开始比赛。布丽达、安娜和我用北院的滑雪车，拉赛、布赛和乌勒用中院的。我们假装是航行在大海上的海盗船。拉赛给男孩子们的滑雪车命名为"长蛇"，我们给自己的滑雪车命名为"金色玫瑰"，不过拉赛认为，海盗船叫这个名字太离谱。

"只要好听就行了。"我们说。

因为我们已经给自己的船命了名，所以不想因为拉赛说太俗气就改。

比赛真是太紧张了。"长蛇"和"金色玫瑰"自始至终并驾齐驱。男孩子们一直这样喊叫着：

"看那个小黄玫瑰吧，很快就会翻船的！"

不过恰恰相反，"长蛇"翻了船。他们直接摔进雪堆里。"金色玫瑰"一直平稳地滑到山坡上的一棵大松树前，那里是

终点。

"这就是自以为是的人的下场。"事后布丽达对拉赛说。

布赛的头摔在一个树根上,前额起了一个大包,我们不想再玩滑雪车了。另外天也黑了,我们都很饿,大家都回家去了。

守 岁

　　除夕夜那天早晨,我正坐在厨房里吃粥,布丽达和安娜走进来,满脸笑容。布丽达说:

　　"丽莎,你愿意跟我们一起守岁吗?"

　　"啊,太好了,我当然愿意。"我说。因为我觉得这是一个非常好的主意。但是我必须得问妈妈,我能不能守夜,一直要等到夜里12点。妈妈同意了。于是我们立即决定,在我的房间里守岁。妈妈说,我们守岁时可以吃苹果和果仁,喝杜松子果汁。

　　没过一会儿拉赛和布赛回来了,这时候我说:

　　"布丽达、安娜和我今天晚上守岁!"

　　拉赛说:

　　"布赛、乌勒和我也要守岁,我们很早就决定了。"

　　不过我敢肯定他是临时编的,因为我们守岁,他们才想起来守岁。

我们跑去问爷爷,问他愿意不愿意参加守岁。爷爷说,一到晚上他就犯困。爷爷真友善,真友善!他走进衣帽间,拿出很多小铅块,送给我们。

"如果你们不熔化铅的话,就不算真正守岁。"他说。

他还说,把熔化的铅倒进凉水里,根据铅凝固的形状,可以知道新的一年里的运气。如果铅的形状像一枚硬币,那意味着新的一年里你会有很多钱。我们借了一个坩埚,男孩子们经常在爷爷那里铸锡兵。

我们不告诉男孩子们,我们从爷爷那里得到了铅块。

啊,那天晚上我们真开心!我把自己的房间收拾得非常漂亮,我把布条地毯都拿到外边敲打干净,把犄角旮旯的尘土都掸掉,我有一个能插5支蜡烛的枝形烛台。我把它放在桌子中间,周围摆上果盘、杜松子果汁瓶和坚果盒。当布丽达和安娜来的时候,烛光齐放,美丽动人。壁炉里的火熊熊燃烧。

"我喜欢守岁这样的事。"安娜说。

拉赛、布赛和乌勒在男孩子房间里守岁。在男孩子房间和我的房间中间,隔着一个很大很黑的阁楼。我们刚开始守岁,就听到阁楼里有刺啦刺啦的脚步声。随后是一声震耳欲聋的爆竹声,不过我们没有理会。因为我们知道,这是男孩子们想把我们吸引到阁楼去。我们过去听到过拉赛放的俄国制造的爆竹。

然后就没有什么动静了,这时候我们开始好奇。我们顺着门缝儿往外瞧。那里静静的、黑黑的。于是我们决定,偷偷地穿过阁楼,从男孩子房间门上的钥匙孔看他们在干什么。

"我什么也没看见,"第一个看的布丽达说,"他们没在里边。"

"如果他们都躺到床上睡大觉去了,我不会感到惊奇。"安娜说。

"对,那我就是唯一的一个美妙的守岁人,"我说,"走,我们进去,拿一个拉赛的俄国爆竹放,把他们惊醒。"

"乓乓!"这时候我们身后响了起来,把我们吓了一大跳。

"那几个坏蛋藏在阁楼里。"安娜高声说。

我跑回去拿来手电筒,往所有的墙角、所有的旧箱子和衣架后边照,但就是不见男孩子们的踪影。

"这就太奇怪了。"布丽达说。

"乓乓!"在我们身后又响了起来,又是一枚俄国爆竹声。我们真有点儿相信在闹鬼。

"等我抓住拉赛再说,"布丽达说,"我非得暴打他一顿不可,好让他长点儿记性。"

"打吧,没关系。"我们听到拉赛的声音在我们头顶上。

拉赛、布赛和乌勒跑到顶梁上去了。真把我们气坏了。

"你们狗屁守岁守得怎么样了?"拉赛说。

"很不错，谢谢，"我们说，"我们正要铸铅，想看一看来年会发生什么。"

我敢说，他们当时都异常好奇。他们随我们进了我的房间，当他们看到我的房间布置得那么漂亮，蜡烛、熊熊炉火等，当即就决定搬过来，和我们一起守岁。布赛跑回自己的房间，取来他们的苹果、坚果和杜松子果汁。

然后我们把铅放在坩埚里，放进壁炉里熔化，我们每个人都往我盛着水的脸盆里倒一点儿铅水。拉赛先倒，当他的铅块在水中凝固以后，他拿起来仔细观看。他说：

"看样子，好像我要当国王。因为铅块的样子像一个皇冠。"

"哈哈，"安娜说，"那是一本书，知道吧！这意味着你明年该上学了。"

我的铅块样子很怪。

"我觉得好像是一辆自行车。"乌勒说。

我听了很高兴，因为我正盼着有一辆自己的自行车。

当大家都铸完了铅块，我们就坐在壁炉前面的地板上讲故事。我觉得布丽达讲的故事好听。我们吃了很多苹果、花生、榛子，还喝了杜松子果汁。然后我们玩"果仁碰大运"游戏。布丽达和安娜玩得不错。游戏是这样做：

首先布丽达说：

"屋里冒进烟！"

这时候安娜回答:

"我跑上阁楼!"

这时候布丽达问:

"你带了多少男孩?"

"5个。"安娜说。因为布丽达手里正好有5粒果仁,所以她一定要把果仁给安娜,因为安娜赢了。我们还做了很多其他形式的果仁游戏。安娜很运气,最后她得到的果仁数比其他人多一倍。

正在这个时候,布赛张开大嘴打了个哈欠。最后他说,他想躺到我的床上去守岁。他真的躺上去了,不到两分钟,他就睡着了。妈妈和爸爸上楼和我们道晚安,因为他们不想新年守岁。

我们问拉赛几点了。

"10点30分。"拉赛说。

我想,除夕夜大概比其他的夜长。我觉得,钟怎么也到不了12点,不过最后还是到了。这时候我们设法把布赛叫醒,但是无论如何办不到。我们吹灭蜡烛,站到窗子跟前,仰望着漆黑的天空,想目睹新年是怎么样来到人间。但是我们什么也没有看到。随后我们用杜松子汁干杯,并高喊:

"新年万岁!"

我们决定,我们每年都要守岁,因为守岁很开心。

不过后来我不想再干别的，只想睡觉。布赛躺在我的床上。我们大家拉着他的胳膊、抬着他的腿，把他弄到他的床上去。怎么弄他都没醒。拉赛帮他脱衣服，帮他穿上睡衣。他还用我的发带把布赛的头发系住。

"一直系到明天早晨，这样布赛就会看到，他守岁时有多么开心。"拉赛说。

我们到珍妮姨妈家参加宴会

到珍妮姨妈家参加宴会,是整个圣诞假期最开心的一件事。珍妮姨妈住在大庄村对面很远的一个庄园里。圣诞节过后的一个礼拜天,我们吵闹村所有的孩子都被邀请去她家做客。我们坐了很多很多个小时的雪橇才到达那里。

妈妈很早就把我们叫醒了,给我们穿上很多件衣服,毛衣呀,围巾呀。我敢保证,身上衣服多得我还没来得及参加宴会可能就会给憋死了。不管我怎么抱怨,妈妈还是给我又加了一条头巾,把我的头紧紧包住。这时候我说,如果执意要把我去珍妮姨妈家当作笑

料的话,我不想一块儿去了。

我们坐在我们家带厢的雪橇上。爸爸坐在驭手座位上赶着马。他脚下穿着防冻的乌拉草大鞋。我们家的雪橇走在前头,南院的雪橇跟在我们后面,北院的雪橇走在最后。啊,所有的马铃一齐响真是好听极了。我们兴奋地唱起来,妈妈说别唱了,免得我们吸进去过多的寒气。但是我们的嘴还是没有停,我们对跟在我们后面的乌勒喊话,乌勒对他后边的布丽达和安娜喊话。

"如果给我们大西洋鲱鱼色拉吃,我就回家。"拉赛说。

"我赞成。"乌勒说。

然后他把这个意思告诉布丽达和安娜。过了一会儿,乌勒高声对我们说,如果请我们吃大西洋鲱鱼沙拉,她们也想回家。

但是我们没有回家,尽管请我们吃的东西里有大西洋鲱鱼沙拉。因为还有成千种其他饭菜,不爱吃鲱鱼沙拉可以吃别的。

珍妮姨妈有三个女儿,宴会上还有很多其他孩子。我们待在二楼的一个大厅里,除了吃饭的时间,我们在那里玩了一整天。到最后我们实在吃不下去任何东西了,因为我们刚一开始玩,姨妈就来叫我们下楼吃饭。大人开宴会的时候,除了吃,什么都不干。

珍妮姨妈的大女儿叫娜娜。我们在一起做游戏,娜娜扮演住在大厅附近衣帽间里的一个女妖。衣帽间装作是她的房子,大厅装作是森林。正当我们走进森林去采摘野莓子的时候,女妖突然从房子里冲出来,把我们都抓住了。哎呀,我害怕极了!尽管我自始至终都明白,她是娜娜,但是我仍然觉得,她像一个真的女妖那样让我害怕。衣帽间里有一个大柜子。我们假装那是女妖的油锅。她要在油锅里炸拉赛。但是他在最后一分钟幸免于难。

"不过我已经闻到一点儿焦煳味儿。"拉赛说。

有时候女妖跑出来大喊:

"凝固!"

这时候所有的人都必须一动不动地站着。有一次,当女妖喊"凝固"的时候,拉赛露出了很怪的表情。他一条腿站着,伸出舌头,双手揪着耳朵,眼睛斜视。他就是这个样子。

他必须一动不动地站着,露出很怪的表情,直到女妖出来,给驱妖为止。哎呀,我们对他笑个不止!

珍妮姨妈的女儿们有一个非常好的玩具柜,放在大厅的一角。安娜和

我好奇地走过去看。柜子里有厨房、餐厅、卧室和客厅,那里还有一个布娃娃之家。娜娜说,他们是于伦默尔克拉伯爵夫妇,他们有一个漂亮的小女儿,坐在客厅的一把椅子上。她叫伊莎贝拉·于伦默尔克拉。

大人们终于吃完了饭,他们上来和我们一起玩。我们玩摸瞎子,乌勒的爸爸扮演瞎子,他眼睛上蒙了一块花格子毛巾。我们大家跑着,靠近他的时候,拉一下他的衣服。然后我们玩押物游戏,我把我戴的小金心饰物做抵押。当赎回的时候,我被罚打三个手翻。我打完以后,拿回了我的金心。乌勒被罚对着壁炉叫三声他最亲爱的人的名字。哎哟,这时候他竟叫起了"丽莎"!拉赛开始笑,我真害羞死了。这时乌勒显得很不好意思,对我说:

"我叫的是我妈妈,你知道吧。她也叫丽莎。"

爸爸被罚在大厅学乌鸦跳!啊呀,我们简直笑死了!我过去从来没有看见过爸爸双腿跳。但是最难的要算珍妮姨妈被要求做的事情。她被罚跳上桌子,在上面做金鸡独立。但是她不想做。

"这可不像话,"她说,"我又老又胖,这桌子怎么禁得住!"

她可能说得对。因为珍妮姨妈体重有近 100 公斤。

我们玩了很长时间,大家特别开心。安娜和我还不时地跑

到玩具柜那边去问候伊莎贝拉·于伦默尔克拉。

在珍妮姨妈家最有意思的事情是留在那里过夜。我喜欢在陌生的地方睡觉,一切都显得异样新奇,味道和家里完全不一样。我们参加宴会的一共有14个孩子,我们大家都睡在游戏室地板的通铺上。啊,睡在地板上真是有意思极了!下边铺着草垫子,上边没有被套,只有毯子。我们躺下以后,所有的大人都来看我们。

"这里一米接一米地躺着青春的瑞典。"爸爸说。

剩下我们自己的时候,本来应该睡觉了,但是几乎无法使14个孩子安静下来。娜娜给我们讲,很久很久以前,有一个骑士,他把一个大宝贝埋在附近。拉赛深更半夜想出去挖那个宝贝。但是娜娜说,谁也无法找到它,因为那是一只被魔化的宝贝。这时候我已经困了。

我们第二天下午很晚才回家,还没到吵闹村天就黑了。我们没有在回家的路上互相喊话,因为我们太累了。我趴在雪橇上,抬着头看天上的星星。它们太多太多了,而且离我那么遥远。这时候我钻进皮毯子里,轻轻地为自己唱歌,不让拉赛和布赛听见:

小星星,眨眼睛,
我多么想知道,你在什么地方。

我真希望,明年我们还能去珍妮姨妈家参加圣诞宴会。

拉赛掉进冰窟窿

穿过北院的奶牛牧场,就可以到达一个小湖。冬天的时候,我们在那里滑冰。今年湖里的冰特别亮。有一天妈妈不让我们到湖里去,因为爸爸和埃里克叔叔在那里凿了一个大窟窿。他们为我们的冰窖储冰。但是我说:

"我们已经看到他们竖起的刺柏,警示我们对冰窟窿多加小心。"

说完以后,我们就去了。

有时候拉赛特别不听话,特别是他要显摆自己的时候。现在的情况就是如此,他偏到冰窟窿附近去溜冰。

"吵闹村的溜冰大王来了。"他高喊着。他径直地朝冰窟窿溜去,在最后一分钟他转了个弯,没有掉进去。

"哎哟,拉赛,你是不是疯了?"乌勒说。

我们一齐骂拉赛,但是他不听。他围着冰窟窿又跳跃又旋转,有时候还倒滑。

"我来了，吵闹村的溜冰大王。"他又喊了一遍。

他确实溜过来了。不过他头朝下掉进冰窟窿里，因为他溜得太靠边了。我们惊叫起来，拉赛自己比其他人叫得更厉害。

我们都吓坏了，以为他会淹死。随后我们大家在冰面上趴成一长串，彼此拉住脚。布赛趴在冰窟窿的最边缘，我们紧紧地抓住他的脚。就这样，布赛把拉赛从冰窟窿里拉出来。我们以最快的速度跑回家。拉赛差点儿哭出来，不过没真的哭。

"想想看，如果你回到家里以后，已经奄死了怎么办！"

布赛说。

"这个字不念'奄',念"淹",你这个笨蛋。"拉赛纠正说。不过他还是很感谢布赛,因为布赛把他救上来。下午的时候,他给了布赛一大堆锡兵。

妈妈对拉赛掉进冰窟窿很生气。他不得不躺在床上喝热牛奶,以便消寒。然后他要躺几个小时。妈妈说,他必须反省自己。就是这个时候他给了布赛那堆锡兵。

但是晚上我们在院子里修建冰雪堡垒和打雪仗的时候,拉赛当然也参加了。布丽达、安娜和我有一个堡垒,男孩子们有一个。男孩子们总是揉很硬的雪球朝我们猛攻。我认为非常不公平。他们手里拿着大把雪球向我们的堡垒冲击,拉赛高喊着:

"前进,胜利属于我们!北国的凶神恶煞来啦!"

不过这时候布丽达说:

"是吗,我以为是吵闹村的溜冰大王来啦!"

于是有很长时间拉赛不说话。

但是男孩子们攻占了我们的堡垒,把我们变成了俘虏。他们说,我们必须坐下来,整个晚上给他们揉雪球,不然我们将被处死。

"你们要这么多雪球干什么?"安娜问。

"储存起来,留着仲夏节用,因为那个时候没有雪球。"

拉赛说。

"喂,你还是一边待着吧!"安娜说。

随后布丽达、安娜和我走到畜棚去了,因为我们太冷了。那里又暖和又舒服。我们在那里玩拍人游戏。没过多久男孩子们也来了,奶牛们瞪着我们瞧,我想它们不明白人为什么玩拍人游戏。我后来想了想,我也不明白为什么。不过很好玩。

过一会儿爸爸来了。他说我们不能再玩了,因为有一只奶牛要生小牛,我们不能在这儿吵闹。要生小牛的奶牛叫洛塔,我们留在那里看。爸爸要帮一下,小牛才能生下来。是一头小公牛,样子很可爱。洛塔舔着它,样子很满意。爸爸希望我们帮助他给小牛起个名字。

"北国凶神恶煞。"拉赛说。他脑子里只有那个古老的北国凶神恶煞的故事。一个可爱的小牛犊怎么能叫这个愚蠢的名字呢!

"他长大以后,肯定会变成一头凶猛的公牛。"拉赛说。

乌勒建议小牛犊应该叫彼得,爸爸认为这个名字比较合适。

"那它至少可以叫北国的彼得。"拉赛说。

我们兴奋地跑到爷爷那里,告诉他洛塔生了一头小公牛,然后就到了睡觉的时间。正当拉赛、布赛和我站在阁楼里,我

准备走进我的房间时，拉赛说：

"哈哈，真幸运，我无论如何也没被淹死。"

"喂，你还是一边待着吧。"布赛说。

我们和女教师开玩笑

圣诞假结束了,但是地面上还有雪,所以我们可以坐自己蹬的小滑雪车上学。我们有三个小滑雪车。有的时候我们把三个滑雪车连成一体,上面有很多座位。

女教师说,重新见到我们感到特别高兴。我觉得又见到女教师也很有意思。她非常和善,她请我们所有的孩子吃糖果,因为是开学的第一天。糖果是从斯德哥尔摩买的。放圣诞假的时候她曾经去过那里。我是第一次吃从斯德哥尔摩买来的糖果。

重新见到大庄村的孩子们也挺开心的。课间休息的时候,我们互相交换书签,啊,男孩子们不干这种事。我们班有一个姑娘叫安娜-格列达,她有很多书签。圣诞假以后第一次课间休息时我和她换书签。我换给她一个花篮和一个圣诞老人书签,她换给我一个公主书签,这几乎是我看到过的最漂亮的图案。我觉得我做了一次很不错的交易。

男孩子们课间休息时主要是打雪仗。当然是指冬季。春天的时候他们玩弹球，这个季节我们玩跳房子。男孩子们没有别的事情做的时候就打架。上课的时候他们也淘气，不管是冬天还是春天。女教师说，她真的相信，有什么东西使男孩子们的手指痒痒，所以他们忍不住，总得淘气才行。我相信拉赛的手指特别痒。请你猜一猜有一次他干了什么坏事！他从布赛那里得到一件圣诞礼物，是一只很有意思的小猪。小猪是橡皮的，能充气。放气的时候，它能发出很高很尖的声音。有一天拉赛把小猪带到学校来了。拉赛虽然跟我不是一个年级，但是因为全校只有23个孩子，所以我们坐在一个教室里。我们学校只有一个教室，一个女教师。因此我知道小猪的事。

那天我们年级正在上阅读课，这是我最喜欢的课程。正巧轮到我朗读。是关于古斯塔夫·瓦萨国王的故事。

"这时候国王眼泪夺眶而出。"我朗读着。我刚读完这句，就听见扑哧一阵泄气声，大家还以为是古斯塔夫·瓦萨放屁了。当然不是，是放在拉赛椅子上的那个小猪。因为拉赛把手伸到桌子里，拔掉了小猪身上的气门，里边的气跑出来了。所有的孩子都笑了。女教师似乎也想笑，但是她没有笑。拉赛被罚在反省屋角站一个小时，当然还有那个小猪。

当然不只是拉赛淘气，所有的男孩子都差不多。有一次女教师去开会，我们自己坐在教室里做算术题和绘画。女教师让

布丽达坐在讲台上,代替女教师。因为布丽达在学校里特别出色。

但是女教师刚一出门,男孩子们就闹起来。

"老师,老师。"他们一边喊一边向布丽达举起手。

"你们有什么事?"布丽达说。

"我们想出去。"他们一齐说。有一个男孩叫斯迪根,他举着手说:

"女教师,女教师,一头牛有多少牛排?"

布赛说:

"女教师听说过没有,今年土豆长得特别好?"

布丽达说:

"啊,我真的听说过了。"

这时候布赛说:

"老师的耳朵够尖的!"

拉赛举起手问,他能不能让女教师看一看他画的画儿。随后他拿着画本走到布丽达跟前。但是整个画纸上都涂满黑色。

"画的是什么东西?"布丽达问。

"5个黑人在一个黑洞洞的衣帽间。"拉赛说。

布丽达认为,当女教师真没意思。真的女教师回来的时候,她可高兴了。女教师问她,孩子们是不是听话。这时候布丽达说:

"男孩子们不听话。"

女教师批评了男孩子们,并且说,放学他们都不准回家,罚他们做一个小时算术题。课间休息时,那个斯迪根走到布丽达身边说,"嚼舌鬼,喝凉水,乒乓",还用书包砸她的头。这公平吗?

我们回家的时候,布丽达对安娜和我说,这辈子她再也不想当女教师了。

不过回家的路上我们尽量磨蹭,以便让拉赛、布赛和乌勒能追上我们。因为如果他们

比我们晚到家整整一个小时,妈妈就会产生怀疑,男孩子们会受到更多惩罚。我们认为,他们从女教师那里受到的惩罚已经足够了。

有一次我们在学校特别开心,那是四月一日愚人节,当时我们愚弄女教师,愚人节可以愚弄人。啊,大概不一定非得这样做,但是可以这样做,不会因为这样做受到处罚。

平时我们是8点上课。但是愚人节前一天,我们所有的孩子都说好,第二天我们6点就都到校。我们教室的墙上有一个挂钟,在女教师最后一节课以后锁门之前,拉赛跑进教室,把钟往前拨两个小时。

第二天我们6点钟就都到了学校,但是教室墙上挂的钟已经到了8点。

我们在前廊又跺脚又敲门,有意让女教师听见。她住在教室上面一层,拉赛跑去敲她的门。这时候女教师迷迷糊糊地问:

"谁呀?"

"是拉赛,"拉赛说,"今天不上课啦?"

"上啊,亲爱的孩子,我睡过头了,"女教师说,"我一分钟以后就到。"

女教师屋里当然也有钟,但是她大概慌慌张张没来得及看。当教室里的钟过了8点20分,女教师才急急忙忙地走进来。

"我不知道我的闹钟到时候怎么会没响,"女教师说,"真气人。"

哎呀,我们大家忍不住大笑起来。我们第一节是算术课。当我们正算得起劲时,我们听到女教师卧室里的闹钟响了。因为此时才真正是7点钟。但是教室里的钟已经9点。

"怎么回事?"女教师惊奇地问。

"四月,四月,你是愚蠢的鲱鱼,骗你没商量。"我们大家一齐高喊。

只有四月一日愚人节这天,才可以对自己的女教师这么说话。

"这些孩子们怎么这样。"女教师说。

我们上完了这天课程表上的所有课程以后,我们认为可以回家了,尽管才下午1点钟。但是这时候女教师说:

"四月,四月,现在我们再加一小时课!"

我们只得再待一小时。不过没什么关系,因为女教师给我们讲了很多有趣的故事。

在回家的路上,乌勒突然对拉赛说:

"哎哟,拉赛,你的裤子后头怎么弄了一个大洞!"

拉赛连忙扭过头去看,脖子差一点儿脱白。他找了一会儿以后,乌勒说:"四月,四月!骗你没商量!"

乌勒为能骗了拉赛沾沾自喜。过了一会儿我们遇到那个讨

厌的鞋匠,他住在大庄村和吵闹村中间的地方。这时候乌勒又故技重演,他说:

"看呀,友善先生,树丛中有一只狐狸!"

但是友善没有往那里看,而仅仅说:

"路上走来一群大鼻涕佬儿,我看到了。"

这时候拉赛笑了。

下午,当我们做完家庭作业以后,拉赛跑到南院对乌勒说:

"乌勒,北院来了一位收破烂的。他买石头。"

"他买石头?"乌勒说,他已经忘了这天是四月一日,"他买什么样的石头?"

"就是你们家院子里的那种石头。"拉赛说。

乌勒找了一个口袋就去捡石头,捡了很多很多。他把装石头的口袋拖到北院。那里确实有一个老头儿,但是他只收空瓶子和破衣服。

"这里有很多石头,叔叔。"乌勒说。他把口袋拉到了老头儿身边,露出一副得意的表情。

"石头?"老头儿不明白是什么意思,"你是说石头?"

"对呀,"乌勒一边说一边又露出更加得意的表情,"地道的灰石头。我是在我们家院子里捡的。"

"是吗,"老头儿说,"不过你完全上当了,小朋友。"

这时候乌勒才想起来,这一天是四月一日愚人节。他脸红了,拉着口袋往家走,一句话也没说。只听见拉赛站在围栏后边高声喊"四月,四月",整个吵闹村的人都能听到。

吵闹村的复活节

我现在讲一讲我们吵闹村怎么样过复活节。

圣灰星期三那天一大早,布丽达和安娜就来找我,因为我们要制作圣灰星期三纸条,人们偷偷地用别针把它们别在别人的后背上。我们用白纸剪了一大堆纸条,上面画上各种有趣头像。我们在一部分纸条上写了"愤怒的大猩猩"和"小心狗"之类的话。拉赛和布赛在房间里异常活跃,男孩子们也在制作圣灰星期三纸条,乌勒也在那里帮忙。

布丽达、安娜和我口袋里装着满满的这类纸条,去找拉赛、布赛和乌勒,问他们到不到外边去玩。其实我们就是想接近他们,把纸条别在他们身后。

我们跑到北院的锯木场,在那里爬木头垛。我们自始至终想找机会彼此别纸条,因为大家都很警惕,谁也不转过身来,所以没什么成果。过了一小会儿,阿格达来了,她是我们家的女佣,她叫我们回家吃饭。拉赛马上从木头垛上跳下

来，跑步追上她，一边走一边和她说话。他把纸条别在她的背后，她一点儿也没有注意到。"啊，我是多么喜欢奥斯卡尔"，纸条上写着。奥斯卡尔是我们家的长工。当他走进厨房准备吃饭的时候，阿格达在那里走来走去，她的后背上写着："啊，我是多么喜欢奥斯卡尔。"奥斯卡尔高兴地拍着膝盖说：

"真不错，亲爱的阿格达，真不错。"

拉赛、布赛和我笑得最厉害。最后阿格达想起来了，今天是圣灰星期三，她摸了一下后背，这时候她撕下纸条，扔进炉子里烧了。她自己也笑了。

我们吃完饭以后，我趁机把一个纸条别在拉赛的背后，当时他的上衣正挂在椅子背上。他穿上衣服时没有发现，所以当我们回到锯木场时，拉赛背后别着那张很大的白纸条在木头堆上爬来爬去，纸条上写着："我很愚蠢，我真可怜。"啊，我们笑得别提多开心了！拉赛自始至终夸口说，谁也别想往他身后别圣灰星期三纸条！

濯足节晚上，我们所有的孩子都装扮成复活节老太婆。男孩也如此。我戴上阿格达的花格头巾，穿上竖条围裙和一条黑色长裙子，拿一把火钩子当马骑；拉赛拿一把扫畜圈用的大扫帚。我骑着火钩子到北院去给布丽达和安娜送复活节信。我的信是这样写的："一个想去蓝色妖魔洞的老女妖恭

贺复活节快乐。"

爸爸正在院子里烧树叶，我们所有的复活节老太太都在院子里的火堆周围跑着玩，我们假装在蓝色妖魔洞聚会。院子里散发着春天的气息，每当烧树叶时都会有这种感觉。安娜和我决定，我们要尽快到洗衣房后边去，看那里的蓝色银莲花绽出嫩芽没有。

复活夜妈妈和爸爸要到大庄村牧师公馆参加宴会，拉赛、布赛和我可以邀请乌勒、布丽达和安娜到我们家吃彩蛋，妈妈有吵闹村养鸡场，所以我们有很多鸡蛋。

布赛认为，几乎所有的彩蛋都是母鸡阿尔贝特娜下的。阿尔贝特娜是布赛自己的母鸡。

"你以为阿尔贝特娜下蛋像机关枪一样快？"拉赛对布赛说。

我们在厨房吃彩蛋。桌子上铺着蓝色桌布，摆着黄色的复活节盘子。我们也把带叶的桦树枝插在花瓶里。拉赛、布赛和我把所有的鸡蛋都染成红色、黄色和绿色，我认为所有的鸡蛋都应该有颜色，因为这样看起来漂亮。我们还在彩蛋上写了诗。

"这个彩蛋给安娜，代替土豆、牛肉火锅啦"，有一个彩

蛋上写着。这句诗是拉赛写的。布赛说这诗写得真臭。

"再说也没想给她们土豆、牛肉火锅吃呀。"布赛说。

"你大概不知道,有什么东西能代替这些彩蛋,"拉赛说,"'这个彩蛋给安娜',用炒锅代替火锅,你觉得这样可能好一点儿吧?"拉赛说。

哎呀,布赛可没觉得。不过我们已经来不及改诗。因为这时候布丽达、安娜和乌勒已经来了。我们高高兴兴地坐在那里吃彩蛋。我们比赛,看谁吃得最多。我只吃了三个,但是乌勒吃了六个。

"阿尔贝特娜是一只好母鸡。"我们吃完以后布赛说。然后我们去寻找妈妈事先藏好的装有糖果的纸彩蛋。拉赛、布赛和我过复活节每人都有一个装着很多糖果的纸彩蛋。但是今年妈妈说,如果我们同意只要一个小纸彩蛋,她就给布丽达、安娜和乌勒每个人也买一个纸彩蛋,这样我们在复活节纸彩蛋宴上就会有一个惊喜。我们当然同意。妈妈把纸彩蛋藏得很隐蔽。我的纸彩蛋藏在我们平时放锅的柜子里。我那个纸彩蛋是银色的,上面有很多小花。啊,真漂亮!里边有一只杏仁糖小鸡和一大堆糖果。

因为是复活夜,所以我们愿意玩多长时间就玩多长时间。阿格达和奥斯卡尔在外边散步,整个房子里就剩我们自己。我们把所有的地方的灯都关了,在一片漆黑中玩捉迷藏。我们手

心手背以后,乌勒第一轮找人。啊,我找了一个很好的躲藏地方!我爬到客厅的窗台上,躲在窗帘后边。乌勒在附近转了好几圈也没有发现我。不过布丽达找的那个地方是整个晚上最好的地方。在前廊里放着爸爸的高筒胶鞋,上边挂着每天早晨他往奶制品厂送牛奶时穿的大衣。布丽达踏进胶鞋,套上大衣。最后我们点上蜡烛,大家一齐找她,并高声说:"快出来吧。"但是她站在那里,像一只小耗子一样,一声不吭。尽管我们四处都找遍了,也没有找到她。爸爸的鞋和大衣像平常一样放在那里。我们怎么会想到布丽达在里边。

"她可能死了,哪儿都没有。"乌勒说。

正在这时候大衣里扑哧笑了,布丽达穿着爸爸的大鞋走过来。她希望我们再玩一个游戏,她装扮穿着大靴子的黑猫警长,但是安娜希望我们去爷爷那里,去拌蛋奶酒。

我们去了爷爷那里。我们给他带去了彩蛋、方糖和玻璃杯。爷爷坐在壁炉前面的摇椅上,对我们的到来非常高兴。我们坐在壁炉前的地板上,拌着蛋奶酒,哗哗地响着,安娜给爷爷拌,因为他几乎看不见,自己不能拌。爷爷给我们讲过去人们怎么样过复活节。当时孩子们没有装糖果的纸彩蛋。我告诉爷爷,我的复活节纸彩蛋是银色的,上面有很多小花儿,因为他看不见。

我觉得听爷爷讲过去的事情非常有意思。想想看,爷爷小

的时候复活节天气很冷,放在厨房水桶里的水结成冰,他的爸爸要用棍子打碎桶里的冰。真够可怕的吧?小孩子们也没有复活节彩蛋!多可怜的小孩子呀!

安娜和我去买东西

我们买糖、咖啡和其他东西的商店在大庄村,紧靠我们的学校。妈妈需要什么东西的时候,多数情况下都是我放学以后把东西买回家。但是复活节假的一天,妈妈需要一部分东西,她对我说:

"丽莎,没办法,你必须替我到商店跑一趟。"

当时天气非常好,我觉得去买一买东西挺开心。我就说:

"好哇!我要买什么东西?"

妈妈说,最好用笔记一下。但是没找到笔,所以我说:

"哎呀,不用写我也能记住!"

妈妈举出一大堆我需要买的东西:200克发酵粉,一根甲级法伦产的香肠,一包姜粉,一包针,一听腌鲱鱼,100克杏仁和一瓶醋。

"好,好,我肯定都能记住。"我说。

正在这个时候,安娜跑进我们家的厨房,问我愿意不愿意

陪她到商店去买东西。

"哈哈,"我说,"我正要去问你呢。"

安娜头上戴着一顶红色新帽子,一只手拿着篮子。这时候我也戴上我的绿色新帽子,一只手也拿着篮子。

安娜要买洗涤剂,一包长纤维面包,半公斤咖啡,一公斤方糖和两米猴皮筋。跟我一样,她还要买一根甲级法伦香肠。安娜也没有写下要买的东西。

我们上路之前,到爷爷那里去了一趟,问他需要不需要从商店买东西,这时候爷爷请我们替他买一点儿冰糖,一小瓶樟脑油。

正当我们站在大门口外边准备走的时候,乌勒的妈妈跑到她家的前廊。

"你们去商店吗?"她高声说。

"对对。"我们说。

"啊,亲爱的,你们愿意帮我买几样东西吗?"她说。

我们说,我们当然愿意。她说她想买40号的一轴白线,一听香精。

"啊,等一等,让我想一想别的还要什么。"她一边说一边想。

"再要一根甲级法伦香肠。"我建议说。

"对,就是它,"乌勒的妈妈说,"你怎么猜到的?"

然后安娜和我就走了,我们越来越感到有点儿担心,能不能把要买的东西都记住。一开始我们边走边互相数着要买的东西,但是后来我们数烦了。我们手拉着手,还用力甩着手中的篮子。阳光灿烂,树木散发着清香味儿。我们尽情地唱着歌。"一根甲级法伦香肠",我们唱着。听起来很优美。真的是这样。我先用缓慢、优美的曲调唱"一根法伦香肠",然后安娜用欢快的曲调加进去"甲级的,甲级的"。有时候我们唱适合行军的曲子,但是最后我们决定唱一首自始至终悲伤但非常优美的曲子。唱着唱着,我们差一点儿哭起来。

"啊,法伦香肠真悲伤。"当我们最后走到商店的时候安娜这么说。

商店里有很多人。等了很长时间才轮到我们。实际上我们等的比别人都长,因为大人们认为,小孩子在商店里等多长时间都行。他们总是往前挤。不过最后埃米尔叔叔亲自从里边走出来。他认识我们,他先问了问我们吵闹村的情况,问我们复活节吃了多少鸡蛋,问我们想不

想很快结婚。

"我们当然不想。"我们说。

"二位女士今天想买点儿什么?"埃米尔叔叔问。他总是爱开玩笑,不过我还是挺喜欢他。他耳朵上夹一支笔,留着小胡子。他平时请顾客吃放在一个大瓶子里的酸味糖。

安娜先买,她说出了她自己妈妈和爷爷要买的东西。埃米尔叔叔过秤和打包,一切都是安娜报出来的。

然后轮到我买,我说出我要给妈妈和乌勒妈妈买的东西。安娜和我想了又想,千万别忘了什么。然后埃米尔叔叔请我们吃酸味糖,我们往回走。

刚走到学校那边,我们遇到一个我们认识的男孩。他看到了我们戴的新帽子。

当我们走了一段路以后,正好来到通向吵闹村的岔路口,我说:

"安娜,你记得我买发酵粉没有?"

安娜根本不记得。我把篮子里的所有的包都摸了一遍,但是没有哪个包像是发酵粉。我们只得回到商店。埃米尔叔叔直笑话我们,给了我们发酵粉,请我们吃了几块酸味糖。然后我们走了。

我们再次走到岔路口时,安娜叫了起来:

"哎呀,忘了爷爷要的樟脑油!"

"真是太不像话了。"我说。

我们不得不走回商店,没有别的办法。啊,埃米尔叔叔又笑了我们一顿。他给了我们樟脑油,又请我们吃了几块酸味糖。

当我们第三次来到岔路口的时候,安娜露出了为难的表情,我真有些可怜她。

"丽莎,"她说,"我几乎可以肯定,我没有买糖。"

"安娜,"我说,"千万别说你没有买糖。天啊,说不定你已经买了!"

我们在安娜的篮子里摸来摸去,但是连一个糖渣儿也没摸出来。

当埃米尔叔叔再次看到我们的时候,他几乎瘫倒在柜台后边。不过我们还是买了糖,又吃了几块酸味糖。

"最好我得准备一瓶新的酸味糖。"埃米尔叔叔说,因为瓶子里的酸味糖已经所剩无几。

"不用了,我们不会再回来了。"安娜说。

当我们快要走到岔路口的时候,我说:

"安娜,我们赶快跑过岔路口。这是我们避免再回商店的唯一办法。不然我们又会想起什么东西忘记买了。"

我们跑过岔路口。

"还挺管用。"安娜说。

我们总算走上了回家的路。啊,这是非常开心的一天,也是非常热的一天。我们手挽着手,甩着我们的篮子,但是不敢使劲甩,使劲甩里边的东西会掉出来。阳光灿烂,森林里散发出清香味儿。

"我觉得,我们应该再唱一会儿歌。"安娜说。

我们真的唱起来。我们先唱"一根甲级法伦香肠",听起来跟刚才一样优美。安娜说,我们应该把这首歌引进学校,结业式上就唱它。我们一边艰难地上坡往吵闹村走,一边唱呀,唱呀,唱呀。

这时候——正当我们得意地唱到"一根法伦香肠"时,安娜使劲抓住我的手显得极为激动。

"丽莎,"她说,"我们没有买任何法伦香肠!"

我们一屁股坐在路边上,半天说不出话来。最后安娜说,她多么希望没有人发明法伦香肠。

"为什么大家不可以改吃王子香肠?"她说。

"看来我们不应该路过岔路口。"我说。

没有办法,我们还得转回商店。哎呀,真是糟糕!我们已经没有心思唱歌了。安娜说,她一点儿也不认为,法伦香肠这首歌适合在结业式上唱。

"不适合,"我说,"不适合在结业式上唱,也不适合其他场合唱。这是一首倒霉的歌!"

当埃米尔叔叔看到我们时,他摸了摸额头,马上跑着去取一瓶新的酸味糖。但是我们说谢谢,我们不是为了多吃几块糖才来回跑的。

"是吗?"埃米尔叔叔说,"那你们想要什么?"

"三根甲级法伦香肠。"我们说。

"可能没有特好的香肠了。"安娜小声说。

我们筋疲力尽地往家走。正当我们来到岔路口时,安娜回头一看就说:

"真不错,磨房的约翰赶着马车来了,还是他自己那匹又老又丑、身上带黑斑点的母马!"

约翰在吵闹村后边不远的地方开了一家磨房。

"我们能搭一下车吗?"当约翰的马车追上我们时我们高声问。

"当然可以。"约翰说。

我们跳到车上,坐在他身后装的货物上,一直坐到吵闹村家里。我又哼了一下"一根甲级香肠"的曲调,但是这时候安娜说:

"如果你再唱这个曲子中的一个音符,我就把你从车上推下去。"

当我走进厨房见到妈妈的时候,她说:

"真让人不放心,你怎么去了这么久!"

"那还用问,"我说,"你知道要买多少法伦香肠啊。"

当妈妈把所有的东西都从篮子里拿出来时,她说:

"你真是一个能干的姑娘,所有的东西都记住了。"

看 河 神

公路的终点在吵闹村。不过有一条很窄很难走的小路穿过森林一直通向约翰的磨房。约翰是一个非常古怪的老头儿,他孤零零一人住在密林深处。在他的住处附近开了一间磨房,磨房建在维德河上。维德河可不像流经我们家牧场的那条小河那样平缓、安静,完全不是,它湍急、奔腾。当然不这样磨房也就不建在那里了。因为只有维德河水湍急才能带动巨大的磨盘上的水轮。

到约翰磨房磨面的人不多。只有我们吵闹村的人和一部分住在森林那边的人,约翰在磨房里的生活很寂寞。约翰很古怪,他不喜欢大人,他只喜欢孩子。当我们去磨房的时候,他的话说起来没个完,但是大人来的时候,他一句话也不说,除了必要的回答。

去年春季的一天,爸爸让拉赛赶着马车把几袋黑麦送到约翰的磨房去磨面。

"好极了。"我们大家说，结果我们都跟着一块儿去。

我们家有一匹老母马，名字叫斯维亚。这匹马爸爸已经养了很多年。他把它称作"情人马"。因为爸爸第一次问妈妈她愿意不愿意跟他结婚的时候，就是斯维亚拉的车。

让我们赶斯维亚去磨房，爸爸一点儿都不担心。他说，斯维亚比吵闹村所有的孩子加起来还要聪明。

几口袋黑麦，再加上我们所有的孩子，车上的重量可不轻。斯维亚转过头来，看样子有点儿不高兴。但是拉赛一甩鞭子说：

"好啦，斯维亚，别发呆了！"

我们沿着森林小路往前走。小路崎岖不平，当轮子在石头上滚动的时候，我们被颠来颠去。不过我们不在乎，一路笑个不停。

当我们坐着马车从森林里过来的时候，离磨房很远就听到维德河哗哗的流水声。啊，磨房真是一个有趣的地方！那里的

景色非常美。不过也有点儿让人觉得害怕。如果站在那里看着水轮机想说话的话,必须使足了劲喊才行。

我们到的时候,约翰很高兴。我们跟着他走进磨房。他在磨房里走来走去,脸上自始至终挂着微笑,神经兮兮的。当我们把黑麦交给约翰,把一切都看完了以后,我们就坐在磨房外边的草地上,约翰开始讲话了。他可能很多天没机会讲话了,所以讲起来就没完没了。

约翰说,磨房里住着一个小精灵。他看见了很多次,精灵在一般情况下很友善,但是有时候犯牛脾气。有时候它就用手把住磨盘,磨盘就转不动了。有的时候它拿起整袋面粉,把面粉倒在地上。有一次约翰一大清早到磨房去,他挨了精灵一大耳光。当他走到门外时,只看见一道闪光。精灵一下子消失了。不过一般情况下,精灵还是很友善的。它经常在磨房里打扫卫生。

啊,磨房确实是一个很有吸引力的地方。约翰房子的后边有一小块草地,约翰说,月光女妖经常在那里跳舞。约翰经常坐在屋里,躲到窗帘后边偷偷地看。如果月光女妖看见约翰,会马上逃走。约翰也看见过森林女妖。她站在一棵松树后边,伸出头一笑,整个森林里都能听到。哎呀,我觉得约翰太幸福了,他有机会看到那么多东西。

这种事我们已经听过很多遍,但是当我们坐在草地上时,

他又给我们讲起来。

"不过你们知道昨天夜里我看见了谁?"约翰说,声音小得几乎像耳语。

不知道,我们不知道。这时候约翰告诉我们,他看见了河神。

安娜使劲拉住我的手,我也拉住她的手。

"你在什么地方看见河神?"拉赛问。

这时候约翰说,河神坐在水中的一块石头上,离磨房水塘不远,当时它正在演奏小提琴,琴声美妙极了,约翰被感动得大哭起来。约翰指给我们看河神坐的那块石头。不过很可惜,它现在没坐在那里。

"它只是夜里出来。"约翰说。

"它每天夜里都出来吗?"布赛问。

"对,像这样好的春季它简直要发疯了。每天夜里坐在这儿演奏。"约翰说。

看得出来,老马斯维亚希望我们赶快回家,所以我们跟约翰告别。安娜和我赶紧跑过去,又看了一下河神坐过的那块石头。

在森林的后边有另外一条小路从磨房通向吵闹村。拉赛认为,走那条路看看附近的庄园会很有意思。他想方设法把斯维亚赶到那条路上去,但是实在办不到。斯维亚站在那里一动不动,好像要看一看拉赛这样做是否聪明。没办法,只得原路返

回吵闹村。啊,斯维亚在回家的路上跑得别提多快了!

突然拉赛说:

"我想今天夜里去磨房看河神。有谁愿意跟着吗?"

一开始我们以为他在开玩笑,但他是认真的。这时候布赛和乌勒说,他们也去看河神。

"好,"拉赛说,"小妞们去不去没关系。"

"我们为什么不能跟去,如果我能问一句的话。"布丽达说。

"对,我也这么说。"安娜说。

"我同意,"拉赛说,"你们也需要看一看河神,你们这辈子看到的河神不是很多。"

"这么说,你看到过河神啦?"布丽达说。

拉赛没有回答,只是一副神秘的样子,好像他已经看到过几十个河神。

哎呀,哎呀,哎呀,多么紧张有趣啊!拉赛说,我们大家在深夜出发。这件事大家坐在马车上就决定下来。拉赛认为,最好不要征得家里同意。因为他认为孩子们想去看河神的时候,有可能大人们会反对。拉赛说,为了保险,只能回来再跟家里说。

拉赛有一个旧闹钟,他保证到时候把我们大家叫醒。半夜的时候我醒了,因为拉赛站在我的床上揪了我的头发,我连忙站起来。

那天晚上,在我们回去睡觉之前,拉赛制作了一个叫醒布丽达和安娜的装置。他用一根绳子拴住一块石头,把石头放在布丽达和安娜的房间,两家的房子离得很近。这时候他用力拉绳子,绳子那头拴的石头在布丽达和安娜的房子里上下跳动。她们就这样醒了。

叫醒乌勒很简单。爬上位于南院和中院之间那棵椴树就行了。男孩子们互相联系时一直走这条路。

我不知道我们能不能去成。当我们偷偷走下楼梯时,妈妈和爸爸肯定会被脚步声惊醒,但是他们没有醒。

我一辈子也不敢单独在夜里穿过森林。因为这时候的森林跟白天完全不一样。在去磨房的路上,我一直紧紧抓住布丽达和安娜。当我们走近磨房听见哗哗的河水声时,我真想马上跑回家!

不过拉赛很勇敢。

"现在我们必须一个人一个人地偷偷去看河神。"他说。

"'一个人一个人',不,谢谢,拉赛,"我说,"我可不愿意一个人偷偷地跑过去看河神,不行,算了吧。"

"你多么愚蠢,"拉赛说,"我们当然不能排着长队,像学校组织旅行那样去偷看它。不管怎么说,我还是想一个人单独去看。"

乌勒和布赛决定他们俩结伴去看。布丽达、安娜和我一起

去。不过,哎呀,我的心咚咚跳个不停!

"我先爬过去看看,"拉赛说,"如果河神没在那里,我就对你们喊叫。如果数到100我还没有叫,你们就跟上来,因为这意味着,河神在那里。"

他爬了过去。啊,我觉得他真够勇敢的。我们几个人趴在苔藓上数着数,我真有点儿希望,我会听到拉赛喊叫,因为我们数的数越接近100,我的心跳得越厉害。但是我们没有听到喊声。

"看来河神在那里。"布赛说。他和乌勒朝一个方向爬去,布丽达、安娜和我朝另一个方向爬去。

"我觉得我要吓死了。"安娜说。

啊,那是磨房!那是磨房水塘!而那里,啊,那里是那块石头!它坐在那里!河神坐在那里!它确实裸露着身体,它在演奏小提琴。在哗哗的水声中,琴声很弱。因为天很黑,我们看得不是很清楚。不过它坐在那里,它确实坐在那里。

"啊,我看见它了。"安娜小声说。

"听,它在演奏。"布丽达小声说。

"听起来不像是小提琴,"我小声说,"它在演奏什么呢?"

"它……它演奏'水泵旁的聚会'。"布丽达说。

"啊,这是怎么回事。"我说。

对，没错，他演奏的是"水泵旁的聚会"。对我来说，他确实是一个有趣的河神。这个河神不是别人，正是拉赛。他坐在那块石头上，正在吹篦子。身上没穿一点儿衣服。

"这会儿你们总算看见河神了吧。"拉赛事后说。

布赛说，等他再长大一点儿，他一定要好好教训教训拉赛。

乌勒有了一个小妹妹

有时候我特烦拉赛和布赛,当时我想,没有两个哥哥可能更好。在我玩娃娃的时候,他们总是惹我生气。他们总是打架,手还特硬。他们总是说该轮到我把碗擦干净。有一次拉赛对妈妈说,他不明白,家里要一个小丫头有什么用。除了拉赛和布赛以外,最好再要9个弟弟,这样就能组成一个足球队了。但是这时候妈妈说:

"我很高兴我有一个小女儿。再要9个男孩,上帝保佑!两个野小子就足够了。"

拉赛的愚蠢建议没有得逞。

不过有的时候我又觉得有哥哥是一件好事。晚上打枕头仗,他们到我房间,给我讲幽灵的故事,还有过圣诞节,有哥哥都非常好。有一次布赛真够棒的,学校里有一个男孩打我,说我一推他,结果他的书掉在地上了。这时候布赛过来,打了他一顿,并说:

"你怎么能这样做!"

"她为什么推我?"那个男孩说。他叫本特。

"她肯定不是有意的。她没有看见,她脖子后边不可能长眼睛,你这个笨蛋。"布赛说。

啊,我真喜欢布赛!拉赛和布赛买糖的时候,每次都给我吃。实际上有哥哥真不是坏事,当然有姐姐可能更好,不用说。

"主要问题是,人一定要有一个,不管是兄弟还是姐妹。"乌勒说。在他没有小妹妹之前,对于自己没有兄弟姐妹特别不满意。

"其他的人都生小孩,但是我们这个院子就是不生。"乌勒气愤地说。

不过现在他总算有了一个小妹妹。啊,他别提多高兴了!小妹妹出生那天,他兴冲冲地跑过来,让我们一定要马上去看她。我们去看了。

"她在那边。"乌勒说,那样子好像在指给我们看一件稀

世珍宝。"她够可爱的吧?"他一边说,一边露出得意的神色。

但是她确实不怎么可爱。她的脸很红,皱皱巴巴的,啊,我觉得样子很丑。不过她的小手倒很可爱,是真的。

我从来没看见过谁像拉赛看见乌勒的小妹妹那样吃惊。他瞪着眼睛,张着大嘴,但是一句话也没说。

"对,她特别可爱。"布丽达说。随后我们走了出来。

事后拉赛对布赛说:

"可怜的乌勒!想想看,他怎么会有一个这样的妹妹!丽莎说不上漂亮,但是她总像个人样儿。哎哟,这个孩子长大了上学,乌勒多为她丢人。因为我们学校没有一个人比她更丑。"

又过了一个多星期,在这段时间里我们一直没到南院。乌勒每天都讲他的小妹妹多么可爱,每次拉赛听了都会露出奇怪的表情。乌勒的妹妹命名那一天,我们所有的人都被邀请去南院。

"啊,这个可怜的孩子,"我们去南院的路上拉赛说,"她长得这么丑,真不如没长大就死去。"

南院大厅里布置得非常漂亮。那里摆放了很多鲜花,因为乌勒的妹妹是在春天生的,这个季节有很多报春花和山百合。在没有生火的开口炉子里有一个花瓶,里边插着绿树枝。咖啡桌已经摆好吃的东西。乌勒穿着漂亮的衣服。顺便说一句,我们也都穿了新衣服。牧师站在那里等着。突然门开了,丽莎阿

姨怀里抱着乌勒的小妹妹走来。哎呀,小家伙已经变得很可爱!深蓝色的大眼睛,粉红的脸;嘴,啊,她那张无法描绘的小嘴好看极了!她穿着一件漂亮的白色命名式长裙。

拉赛像第一次看见她时那样大吃一惊。

"你又有了一个新妹妹?"他小声对乌勒说。

"一个新妹妹?你说的什么意思?"乌勒说。

"一个新妹妹。"拉赛说。

"别说了,你已经忘了我有了一个小妹妹。"乌勒说,他没有明白拉赛说的一个新妹妹的含意。拉赛也就没有再说下去。

牧师给乌勒的妹妹命名为夏士婷。

啊,我是多么喜欢夏士婷啊!她是世界上最可爱的孩子。安娜、布丽达和我几乎每天都跑到南院去看丽莎阿姨怎么样照看她。啊,这时候她高兴地伸着胳膊蹬着腿,当然不是指丽莎阿姨,而是指夏士婷。她的样子是那么可爱。有时候乌勒想学一下夏士婷怎么伸胳膊蹬腿,但是一点儿也显不出可爱。她在大澡盆里洗澡时,伸胳膊伸腿最可爱。她特别喜欢洗澡。有时候她躺在床上,好像在说话,发出"咿呀,咿呀"的叫声。乌勒相信,她很快就能什么话都会说。不过丽莎阿姨说,要等很长时间,因为夏士婷刚5个月。当乌勒走到她的床边看她时,她会马上笑起来,好像她对见到乌勒感到很高兴。她没有牙

齿,但是她一笑还是很可爱的。乌勒看她时,他的眼睛马上亮起来。斯维普有些嫉妒夏士婷,它当然希望乌勒只喜欢它一个。但是乌勒经常抚摩斯维普,对它说,它是一个友善、漂亮的狗,这时候斯维普就不再嫉妒了。

有一次安娜和我照看夏士婷,丽莎阿姨忙着烤面包。乌勒正好不在家,不然的话他会照看夏士婷。啊,真是有意思极了!事情是这样的:夏士婷躺在床上,使劲地叫喊,恰好丽莎阿姨正忙着烤长面包。她又湿、又饿、又急,当然是指夏士婷,不是指丽莎阿姨。这时候丽莎阿姨说:

"你们能给她洗一洗澡吗?"

"当然能。"我们高兴地叫着。

安娜拿来澡盆,倒上水,请丽莎阿姨用胳膊肘试了试水温,水不能太热也不能太凉。我从床上把夏士婷抱过来。啊,她马上不哭了,并且开始笑。当我把她抱在怀里时,她还咬我

的脸颊。一点儿也不痛，还挺舒服。因为她还没有长牙，我的脸也湿了，不过没关系。

我知道怎么样抱小孩子。抱的时候要托住他们的后背，这是丽莎阿姨教我的。我也知道怎么给他们洗澡，不能让他们的头进水里。我抱着夏士婷，安娜用毛巾给她洗。夏士婷高兴地伸出胳膊和腿，嘴里"咿呀，咿呀"地叫着。她还想嘬浴巾，不过注意，那可不行。

"她是那么可爱，真想把她吃了。"安娜说。

安娜把一块小毯子铺在餐桌上，还有一条小被单。洗完澡以后，我小心地把她放在上面。我们用被单把她包起来，把她身上的水擦干。我们协作得很好，安娜和我。然后我们给她浑身抹上爽身粉。突然夏士婷把大脚趾伸到自己嘴里，并且嘬了起来。啊，那么灵巧！世界上没有谁的大脚趾有夏士婷的那么可爱。但是当我们给她穿上小衬衣和小毛衣的时候，不得不把她的大脚趾从她嘴里拿出来。然后丽莎阿姨帮助我们给她放上尿布，因为放尿布有点儿困难。但是我们自己给她穿上裤子，随后一切都好了，丽莎阿姨给她喂奶。

然后安娜和我用小推车把她推到外边去玩。我们假装安娜是爸爸，我是妈妈，夏士婷是我们的小孩子。不过没过多久，夏士婷就睡着了。但是我们继续推着她玩，我们太开心了。我们正玩得高兴，乌勒回家了。他立即走过来，从我们手里夺过

车,就像他以为我们要把夏士婷劫持走。他推了夏士婷一会儿以后,我们也可以用手把着车把帮着推。我们告诉乌勒,夏士婷刚才嘬自己的大脚趾。乌勒一边笑一边满意地说:

"对,没有人会相信,这个孩子会那么多技巧。她长大了,可能会进杂技团。"

过了一会儿乌勒突然说:

"好啊,她嘬大脚趾,对,她差不多每天都嘬。不过我很高兴,你们有机会看到了。"

恰好在这时候夏士婷醒了,她看着乌勒。乌勒挠着她的下巴说:

"好啊,小家伙,你刚才躺在那儿嘬你自己的大脚趾!"

乌勒又笑起来,那样子比刚才还高兴。好像能嘬大脚趾是世界上的大绝活儿!

雨 天

我们放暑假了。有一天早晨醒来,我的心情很不好,觉得一点儿意思都没有。外边又下雨又刮风,无法出去。我跟布丽达和安娜吵嘴了。前一天晚上我们跳房子,布丽达和安娜硬说我踩线了,可是我绝对没有踩。

"如果你们这么不公平,我不想跟你们玩了。"我说。

"没关系,"布丽达说,"随你的便。"

"对,你以为谁稀罕你。"安娜说。

我转身就回家了。布丽达和安娜继续玩了很长时间。我站在我们家厨房的窗帘后边看着她们,不过我很小心,免得让她们看见我。我想,我永远永远不再跟她们玩了。

不过第二天外面下雨,真糟糕!我一点儿也不知道我应该做什么。拉赛和布赛感冒了,已经在床上躺了三天。我走进他们的房间,想跟他们说几句话,但是他们俩躺在那里读书,对我爱答不理的。实际上我心里很想去布丽达和安娜那里,看一

看她们在做什么，但是我还记着她们的不公平，这时候我想，这辈子再也不到北院去了。我改为到厨房去找妈妈。

"哎呀，妈妈，怎么什么都没意思呀。"我说。

"是吗？"妈妈说，"我可没觉得。"

"真的，外边没完没了地下雨，"我说，"我不知道我应该做什么。"

"如果我是你，我就动手烤蛋糕。"妈妈说。

妈妈说的时候，好像她已经相信我一定能烤蛋糕。其实我不能，起码我从来没有烤过。

但是不管怎么说还是烤成了！完全是我自己烤了一个蛋糕，味道还不错，当然是妈妈指点我。我是这样做的：我先在一个碗里搅拌两个鸡蛋和两咖啡杯的白糖。我搅拌了很长时间，心里觉得很有意思。然后我在锅里溶化一大块黄油，再加进去一些其他东西。最后放进去牛奶和面粉，放进去多少我已经记不得了，我还放进了碎柠檬皮和发酵粉。

烤的时候,我穿上白围裙,头发上包了一块白手绢。当妈妈把我烤的那个蛋糕拿出炉子的时候,别提多有意思啦!妈妈把它放在一块干净的毛巾上。它焦黄、松脆。我都不相信,我那么会烤蛋糕。妈妈说,我应该请拉赛和布赛吃一点儿甜点心、喝一点儿果汁。我请了。他们非常高兴。当我告诉他们,这是我烤的蛋糕时,他们都很吃惊。

后来我有了一个主意。布丽达和安娜是不够公平,但是我想我可以原谅她们,也请她们尝一尝我烤的蛋糕。布丽达、安娜和我经常通过空烟盒通信,用她们北院和我们中院的房子之间拉的一根绳子传送。我写了一封信,放在烟盒里,然后像通常那样打口哨,告诉她们我寄信了。我在信中写道:

"因为我正巧烤了一个蛋糕,我不知道你们能不能来看看我们,尝一块蛋糕。"

没过两分钟她们就风风火火地来了。她们绝对不敢相信,我自己烤出这么好吃的蛋糕。但是我说:

"伙伴们,这没有什么绝招儿!每个人都能做。"

我们坐在我的房间里,喝着果汁,吃着蛋糕。但是随后布丽达和安娜就马上回家了,她们请求自己的妈妈,也让她们烤蛋糕。

雨还像刚才下得那么大,我不知道我应该干什么,我又去找妈妈。

"妈妈,真没意思,我一点儿也不知道我应该做什么。"我说。

"如果我是你,我就去油一油前廊的桌子。"妈妈说。

妈妈,她真的相信,我什么事都能做!她帮助我在一个铁筒里搅拌好颜料,那是一种漂亮的绿色。我开始动手油桌子。桌子被油得可漂亮可漂亮,跟新的一样。在我动手之前,我穿上一件旧罩衣,免得油漆掉在我的衣服上。

油好了以后,我上楼去找拉赛和布赛,告诉他们我把前廊的桌子油好了。这时候他们马上从床上跳下来,跑到楼下去看。他们对妈妈说,现在他们已经痊愈,他们想马上穿上衣服,也油一些东西。妈妈让布赛油一个旧托盘,让拉赛油一个小板凳。然后拉赛还想油厨房里的长凳,但是这时候妈妈说,

我们可不能把整栋房子都油成绿色。

突然拉赛在布赛的鼻子上溅了一个绿点,这时候布赛也要想方设法在拉赛的鼻子上溅一个绿点,但是拉赛跑掉了。布赛手持刷子全力去追。妈妈正好来,看见地板上都是绿油漆点。她说,如果他们不听话,她就给他们俩都漆成蓝色。但是布赛很生气,因为拉赛把颜色弄到他鼻子上了,而他却没有把颜色弄到拉赛的鼻子上。这时候妈妈拉过拉赛,给他鼻子上也涂上一个点,然后夺过他们手里的刷子。男孩子们要做什么事的时候,总是这个样子。

正在这个时候,布丽达和安娜拿来了她们烤的蛋糕。跟我烤的一样好,可能我的更脆一点儿。

我们大家坐在阁楼里。布赛从那棵椴树上爬过去找乌勒,让他也过来尝一尝布丽达和安娜烤的蛋糕。

坐在阁楼里特开心。雨水重重地敲打着头上的屋顶,然后哗哗地流向泄水管。坐在那里吃蛋糕,不用走到外边淋雨,真是舒服。与布丽达和安娜重归于好也挺如意。

"昨天晚上你大概没踩线。"安娜对我说。

"我大概踩了一点儿。"我说。

我们的阁楼有两根横梁直通屋顶。可以爬到屋顶上去,但是很困难。除夕晚上,男孩子们站在那里吓唬过我们。这时候拉赛想出一个主意,让我们大家都爬上去。我们真的爬了,在

房梁上走来走去挺开心的。也可以从一个房梁跳到另一个房梁,但是一定要迅速抓住房顶,不然就会掉下去。正当我们在那里的时候,爸爸正好走上阁楼的楼梯。我们一声不吭地站在那里,爸爸没看见我们。

"哎呀,这几个孩子没在这儿,"他高声对楼下的妈妈说,"他们可能爬到乌勒家去了。"

然后他又下楼了。哎哟,惹得我们这顿大笑!(吃晚饭的时候,我们告诉爸爸,他去找我们时,我们都站在屋顶上。这时候他说,你们都是十足的小坏蛋。)

当我们站在房梁上时,拉赛突然说:

"看,房梁之间有一个纸条,上面写着东西。"

我们赶紧下去,读那张纸条。我们爬到阁楼窗子旁边,拉赛举着纸条给我们看,上面写着:

请到湖中去探宝。珍珠埋在那里,到岛的中心去寻找。

很久以前住在这栋房子里的人启。

"哎呀,"安娜说,"真有意思!不过他的笔体特奇怪。"

"你知道吧,过去的人就是这样写。"拉赛说。

"想想看,珍珠,"我说,"啊,让我们去寻找吧!说不定我们会变成大富翁。"

布丽达没有说什么。

"我们明天就去那个岛。"拉赛说。

"对,我们去。"布赛和乌勒说。

布丽达还是没有说什么。

"湖中的岛",很可能就是位于北院湖中心的那个岛。

啊,多么紧张有趣!下雨天实际上一点儿也不枯燥。这时候雨也停了。布丽达、安娜和我立即去爷爷那里,给他读报。当我们想到那些珍珠的时候,安娜和我高兴得直跳。我们赶紧把这件事告诉爷爷。可是这时候布丽达说:

"你们别犯傻了!你们难道不明白,这是男孩子们的通常骗术吗?"

"你为什么这么说?"我们问。

"啊,如果那个纸条真是很久以前住在中院的人写的,他怎么还署名'很久以前住在这栋房子里的人启'呢?他写的时候,怎么会是'很久以前'呢?明白了吧。"

我们怎么没想到这一点。不过布丽达说,我们装作什么也不知道,明天照旧跟男孩子们到岛上寻找珍珠。

寻　宝

第二天一大早我们就起身去湖心岛。我们乘坐北院的小船，拉赛摇橹。男孩子们不停地谈论珍珠的事。

"你们知道吧，"拉赛对布赛和乌勒说，"我想把所有的珍珠都给小妞们，如果我们能找到。珍珠之类的东西对小姑娘们更有用。"

"同意，"布赛说，"实际上我们可以把珍珠卖了，能得一大笔钱，不过我同意——把珍珠给小妞们吧！"

"对，别太小气，"乌勒说，"给她们吧！我同意！"

"啊，你们真够仁慈的。"我们说。

"不过你们得自己去找，"我们到了小岛以后，拉赛说，"你们找的时候，布赛、乌勒和我去游泳。"

他们躺在我们经常游泳的石壁滩上晒太阳。

"到小岛的中心去找吧，"拉赛说，"你们找到时喊我们一声！一定啊！你们打开铁盒时，我们希望在场。"

"你们怎么会知道珍珠在一个铁盒里?"布丽达问,"纸条上没写呀。"

这时候拉赛显得有点儿不自然,然后他说:

"对,我想反正它们装在什么东西里边。"

男孩子们游泳,我们去寻宝。

"他们会得到铁盒子里的一切。"布丽达说。

岛的中央有一块大石头,大石头顶上摆了几块过去没有的石头,所以找到隐藏处毫不困难。石头底下确实有一个锈迹斑斑的铁盒子。我们打开盒子,里边有一张纸,上边写着:"哈哈,小妞们真好骗。一个很久以前住在这栋房子里的人启。"

今年早春的时候,北院曾在这里放牧凶猛的公羊,因此留下很多黑色羊粪蛋。我们捡了几个放进铁盒里。我们在随身带

来的一张新纸条上写了这样的话：

这是你们的珍珠！请把它们保护好，因为它们是很久以前住在这个岛上的人放在这里的。

然后我们又把铁盒子放到石头底下。我们走到男孩子身边，说我们无法找到珍珠。

"现在你们去找一下吧，我们在这儿游泳。"布丽达说。

男孩子们不愿意去，但是最后他们还是朝小岛中央走去。他们大概想给我们找一个更容易找的隐藏地点。我们偷偷地跟在后边，我们像印第安人那样在树丛后边爬。

男孩子们到了大石头旁边，拉赛正在掏出铁盒。

"真是一群弱智小妞，这么容易的地方都找不到。"他说。

他摇了摇铁盒。

"里边什么东西在响？"布赛说。

拉赛打开盖，给布赛和乌勒读里边放的纸条，然后他扔掉铁盒并且说：

"一定要报仇！"

这时候布丽达、安娜和我从树丛后边跳出来，开怀大笑。我们赶紧说，我们从一开始就知道这是拉赛瞎编的。这时候拉赛说，男孩子们也已经知道。我们知道这又是拉赛瞎编的。他

说的当然是谎言，但是我们说，我们已经知道，男孩子们已经知道我们知道了这是拉赛瞎编的。这时候男孩子们说……啊，我已经数不过来啦，这么多"知道"，我听得都要昏倒了。然后我们在石壁滩上游泳，男孩子们往我们身上撩了很多水。我们当然尽力回敬他们。

　　随后拉赛想出一个主意，我们搞一个强盗窝，我们假装是强盗。岛上有一个破牧草房，很久没有用了，也无法再用，顶已经塌了。牧草房子旁边有一棵高大的松树。我们决定在牧草房子里建立强盗窝。拉赛当然成了强盗首领。他说他叫罗宾汉。布赛当了副首领，叫里纳尔多·里纳尔迪尼。拉赛说我们要劫富济贫，但是当我们开始考虑的时候，我们一个富人也不认识。可能除了枫树半岛上的克里斯婷以外，也没有特别穷的人。

　　有时候拉赛对我们说，我们应该去侦察一下，看有没有敌方的海盗船靠近这个小岛。这时候我们从墙往上爬，穿过塌陷的屋顶，爬到松树上去。我不敢爬到松树顶上去，但是拉赛、布赛和乌勒都敢。布丽达和安娜也不敢爬得比我高。

　　不过男孩子们也没有看到敌方的海盗船，尽管他们从最高处的树顶上侦察过了。

　　拉赛对安娜和我说，把船划到陆地上去，掠夺一点儿吃的东西回来。他说，我们应该到某个富人那里去抢。

我们划着船,安娜和我。但是我们想不出去掠夺谁。我只好回家找妈妈问,我能不能从储藏室掠夺一点儿吃的东西带到岛上去,因为拉赛、布赛和我不想回家吃晚饭。妈妈同意了。那里有猪肉饼、芝麻香肠和凉土豆,我还拿了很多奶酪三明治。我把所有的东西都放在一个篮子里。妈妈还给了我们10个新烤的小蛋糕和一瓶牛奶。

然后我跑到安娜家,她也拿了一篮子吃的东西。她拿了肉丸子、凉肉、一个长面包、一瓶果汁和六片凉米糕。

当我们回到强盗窝,拿出所有的东西时,拉赛显得很满意。

"很好,"他说,"你们是冒着生命危险去掠夺的吧?"

安娜和我真不知道该怎么回答,不过我们说,我们是冒着点儿生命危险去掠夺吃的东西。

"很好。"拉赛又说了一遍。

我们把所有的东西都摆在强盗窝外面的一块很平的石板上,我们趴在石板周围吃。当我们吃得正香的时候,布赛说:

"喂,罗宾汉,你不是说要济贫吗?那你就不应该趴在这里自己把饭都吃了!"

"我很穷。"拉赛说,并且又拿了一个猪肉饼。

牛奶瓶和果汁在我们之间传递,谁渴了就喝一口。最后我们把所有的东西都吃完了,除了两个奶酪三明治。我们把它们

藏在强盗窝里。

啊，我们在岛上玩了一整天，真开心！我们游了很多次泳，还爬树，我们把自己分成两股强盗。布丽达、安娜和我是一股，我们住在强盗窝，反击男孩子们组成的那股强盗的进攻。我们把棍子当成枪。布丽达在门前站岗，安娜从窗子进行侦察，我从塌陷的屋顶进行侦察。但是玩了一会儿我有些厌烦了，因为待在屋顶上特别麻烦。所以我爬下来，站在安娜身边。哎哟，男孩子们趁此机会，从牧草房后墙爬上了屋顶，我们没看见。他们突然从房顶上跳下来，把我们都俘虏了，并且说我们都将被处死。但是正当他们要处死我们的时候，拉赛高声喊叫起来：

"远方有敌人的船队！"

其实是我们家长工奥斯卡尔，他正划着船来接我们。他说已经到了晚上9点，有什么魔鬼把我们缠住了，到了晚上还不知道回家。哎哟，我们一点儿也没有觉察到，天已经这么晚了！

"你们也没觉得饿？"奥斯卡尔生气地说。

直到这个时候我才觉得有点儿饿了。

妈妈和爸爸早已经吃过晚饭，但是餐桌上还摆着三明治、牛奶和鸡蛋，等着我们回家吃。

安娜和我让别人高兴

去年秋天学校开学以后,有一天女教师说,我们什么时候都要使别人高兴,女教师说,永远都不要做使别人伤心的事。当天下午安娜和我坐在我们家厨房的台阶上说话,我们商量马上行动起来,让别人高兴。但是最困难的是,我们不知道怎么做。我们决定先从我们家的女佣阿格达开始。我们到厨房去找她,她正趴在地上擦地板。

"地板还湿,请不要踩。"她说。

"阿格达,"我说,"你能告诉我,我们做什么才能使你高兴呢?"

"啊,在我擦地板的时候,你们能离开厨房的话,我将会非常高兴。"阿格达说。

我们出去了。但是这么简单的方法就能使人高兴不是特别有意思,女教师的意思肯定不是这样。

妈妈正在院子里摘苹果。我走过去对她说:

"妈妈,请你告诉我,我做什么才能使你高兴。"

"我已经很高兴了。"妈妈说。

够气人的!但是我不想善罢甘休,我说:

"不过我可以做点儿什么,能使你更高兴呢?"

"除了你继续当我的乖女儿,你不需要做其他的事,"妈妈说,"这样我就心满意足了。"

我又回去找安娜,我对她说,女教师一点儿都不知道,找一点儿让别人高兴的事有多么困难。

"我们到爷爷那里试一试。"安娜说。

我们就去爷爷那里。

"是我那些小朋友来了吧?"爷爷说,"你们来确实让我很高兴!"

想想看,这多让人生气!我们刚进门,爷爷就高兴了。这样的话又没什么可做了。

"不对，爷爷，"安娜说，"请你先别说你已经很高兴。我们想做点儿什么，让你高兴起来。你一定要帮助我们想一想办法，因为女教师说了，我们要做使别人高兴的事情。"

"你们大概可以为我读报纸。"爷爷说。

对，没关系，我们当然可以读，但是我们经常这样做就没有什么稀奇的了。这时候安娜突然说：

"你多可怜呀，爷爷，每天坐在房间里，如果我们把你搀到外面散散步，你大概会很高兴吧？"

爷爷对这个主意并不怎么高兴，但他还是答应跟我们去散步。我们走出来，安娜和我一边一个搀着爷爷，因为爷爷看不见路。我们带着他把整个吵闹村转了一圈，一路不停地跟他说东道西。天开始刮风下雨，可是我们不在乎，因为我们心里记着，要使爷爷高兴。

我们正走着的时候，爷爷突然说：

"你们不觉得现在已经足够了吗？我很想回去躺一会儿。"

这时候我们赶紧把爷爷搀回他的房间，他立即脱掉衣服，躺在床上，尽管还没到晚上。爷爷显得有点儿累，安娜照顾他睡觉。我们走之前，安娜说：

"爷爷，你觉得这一整天什么事让你最开心？"

我们俩都以为，他肯定会说出去散步最开心，但是爷爷说：

"这一天最开心的事，啊，那就是躺在舒服的床上睡觉。"

因为我感到累和不舒服。"

这时候我们必须回家做作业了,所以那天我们就没有时间再做让别人高兴的事。我们不敢肯定这样做就能使人高兴,因此我们决定第二天去问女教师,到底应该怎么做。女教师说,平时只要做一点儿就行了。可以给孤单和生病的人唱一首歌,或者给平时得不到鲜花的人送一束花,或者跟腼腆和受到冷落的人友好地聊一聊天。

安娜和我决定再试一次。那天下午我听阿格达告诉妈妈,枫树半岛的克里斯婷病了,我赶紧跑到安娜家,对她说:

"我们真有运气!枫树半岛的克里斯婷病了,我们去那里,给她唱歌!"

克里斯婷见到我们时还是很高兴的,不过她可能怀疑,我们为什么没有给她带来食品篮子,因为我们平时到她那里去总是带着吃的。不过我们想,只要我们一唱歌她肯定会高兴起来。

"我们给你唱一会儿歌吧,克里斯婷。"我说。

"唱歌?"克里斯婷说,她显得很吃惊,"为什么?"

"为了让你高兴。"安娜说。

"是这样,没关系,好,你们唱吧。"克里斯婷说。

这时候我们唱起了《蒙德市长》,歌声在小屋里回荡。然后我们把《寒冷的北风袭来》中的七段词都唱了。我没有发现

克里斯婷比我们开始唱时高兴了多少。因此我们唱起《再见吧,我的父亲》、《睡吧,小宝贝》、《在低矮的渔夫茅草屋里》和一两首其他的歌,但是克里斯婷还是没有露出一点儿高兴的表情。安娜和我开始感到嗓子哑了,但是在克里斯婷真的高兴起来之前,我们绝对不想罢休,尽管很吃力了。我们正要开始唱《小黑萨拉》时,克里斯婷从床上下来,并且说:

"你们唱吧,唱多少都行!我出去待一会儿!"

这时候安娜和我觉得,别再白费力气了,所以我们告别了克里斯婷。

"如果我们给平时得不到鲜花的人送一束花,效果可能要好一些。"安娜说。

正当我们考虑去给谁送花的时候,我们看到我们家的长工奥斯卡尔正走进畜圈。我们赶快追上他,我说:

"奥斯卡尔,有人给你送过花吗?"

"啊,没有,我大概还没有死。"奥斯卡尔说。

可怜的家伙，他以为只有人死了被安葬时才会有人送花。安娜看了我一眼，显得很高兴，因为我们总算找到一个平时得不到鲜花的人。我们立即跑到北院的牧场，采了一大束欧石楠。这是一束非常漂亮的花，我们拿着鲜花走进畜圈。奥斯卡尔正在用小推车往粪堆上堆粪，粪堆在畜圈后边。

"看，奥斯卡尔，给你这束花。"我们一边说一边把花递过去。

起初奥斯卡尔以为我们在戏弄他，他不想接花，但是我们说他一定要收下，这时候他收下了。过了一会儿，当安娜和我去找一只跑掉的家兔时，路过那个粪堆。粪堆上放着奥斯卡尔扔到那里的那束花。

"我开始怀疑，女教师说得可能不对。"安娜说。

我们不再做想法让别人高兴的事。但是在当天下午稍晚的时候，安娜和我走进我们家的厨房，看见一个男人坐在椅子上，样子很麻木。这个男人叫斯文松，住在斯杜贝半岛。他想从我们这里买一头小猪。拉赛和布赛去找爸爸了，他正在大草地耕地。在这期间斯文松坐在厨房里等。安娜把我拉到墙角，小声说：

"你不觉得他的样子腼腆和受人冷落吗？我们再试一次怎么样？像女教师说的，跟他谈一谈，鼓励鼓励他，这你是知道的。"

我们就这样决定了。平时安娜和我话可多了,讲多少都没问题,但是当我们现在要跟斯文松说话和使他高兴的时候,却不知道说什么好。我想呀想呀,最后我说:

"今天的天气真好。"

斯文松没有回答。我又试了一次。

"今天的天气真好。"我说。

"对。"斯文松说。

然后又沉默了,过了一会儿我说:

"昨天的天气也很好。"

"对。"斯文松说。

我看了安娜一眼,因为我希望她能解一下围。这时候安娜说:

"我们敢肯定,明天也会有好天气。"

"对。"斯文松说。

正在这个时候,爸爸回到院子里,斯文松站起来了。但是他走到门外时,又把头伸进来,冷笑着说:

"后天的天气怎么样?"

"不管怎么说,我们还是使他高兴了一点儿。"安娜事后说。

"可能吧,"我说,"不过到此为止。我不想再做什么使别人高兴的事了。"

其实我还是做了,安娜也做了。因为第二天女教师说,我

们班有一个叫梅塔的姑娘很久没来上学了。她得了重病,必须要卧床几个月。晚上,在我睡着之前,我躺在床上一直想着梅塔,我决定把我最好的娃娃贝拉送给她。因为我知道,梅塔没有任何玩具。

第二天我把送梅塔娃娃的事告诉了安娜,安娜听完立即取来了自己最有意思的童话书。放学以后我们跑到梅塔家。她躺在床上,面色苍白。当我们把贝拉和童话书放在她的被子上,并且说都送给她时,我从来没有看见过有谁像梅塔那么高兴。哎呀,哎呀,哎呀,她别提多高兴了!她抱着贝拉和童话书,笑个不停。她高声喊自己的妈妈,让她进来看。

当我们走到大门外的时候,我对安娜说:

"哎呀,我们总算使一个人高兴了,尽管我们事先没有想。"

安娜吃了一惊,马上说:

"对呀,对呀!"

然后她说:

"我们没有给梅塔唱歌很对。因为我认为,人们得到娃娃和书会更高兴。"

"对,特别是孩子。"我说。

爷爷 80 岁生日

上个星期天是爷爷 80 岁生日。那天我们吵闹村的人都起得很早。刚 8 点钟我们大家就都到爷爷那里去了,我们中院有妈妈、爸爸、拉赛、布赛、我、阿格达和奥斯卡尔,南院有尼尔斯叔叔、丽莎阿姨、乌勒,甚至夏士婷也去了,当然还有北院所有的人。格列达阿姨——布丽达和安娜的妈妈已经准备好咖啡托盘。我们大家带着鲜花一齐拥向爷爷。

爷爷早已经起床,他坐在摇椅上,样子很慈祥。我们所有的孩子给他唱了一首歌,埃克里叔叔致辞。最后一句是:

"没有人像我这样有一个如此好的父亲!"

这时爷爷哭了,眼泪掉在他的胡子上。我也差一点儿哭了。

整个一天,送给爷爷的贺信、鲜花和电报不断。

"哈哈,呀呀,真不错,人们还想着像我这样一个老头子。"爷爷说。

我们小孩留在爷爷身边,因为给他读信和电报很有意思。

我不知道,在爷爷生日的这一天他说过多少次"哈哈,呀呀,真不错"。他安静地坐在摇椅上,但是不时地说:

"80岁,想想看,我活了这么大岁数,哈哈,呀呀,真不错!"

当他说到第五次的时候,安娜跑过去,拉着他的手说:

"爷爷,请你保证,你永远不死!"

但是爷爷,他没有回答这个问题,他只是抚摩着安娜的脸颊说:

"我的小朋友!我的小朋友!"

当信和电报不再来的时候,我们就给爷爷读报纸。啊,报上有一块地方登着这样的消息:

吵闹村北院前农民安德士·约翰·安德松10月18日80华诞。

我们把这条消息读给他听,他满意地点着头,并且说:

"好啊,连报纸都登了,哈哈,呀呀,真不错!"

不过我当时并不明白前农民安德士·约翰·安德松就是爷爷。如果这样写该多好啊:

"吵闹村的爷爷星期天满80岁。"

我们把整张报纸都读给爷爷听,但是他不时地请我们再读一次前农民那条消息。另外报纸上还有很多坏消息,战争、战

争和战争。

"想想看，如果战争打到这里，整个吵闹村都会被毁，"布赛说，"你相信吗？爷爷！"

"啊，不会，"爷爷说，"大概不会。上帝会保佑我们这个小小的吵闹村。"

"对，我确实希望这样，因为我希望一辈子住在吵闹村。"布丽达说。

布丽达、安娜和我都想好了。拉赛长大了以后，他跟布丽达结婚，他们住在中院；布赛跟安娜结婚，住在北院；乌勒跟我结婚，住在南院。这样我们大家就可以永远住在吵闹村。当我们在爷爷那里的时候，我们把我们的想法告诉了男孩子们。但是拉赛说：

"嗨，我大概要找一个比布丽达更漂亮的夫人！"

布赛说，他长大以后要去美国，当印第安人酋长，娶一个印第安姑娘，应该叫"欢畅的流水"之类的名字。

"你叫她的时候，一定很好听，"拉赛说，"欢畅的流水，咖啡煮好了吗？""欢畅的流水，你种土豆了吗？"

但是布赛说，他们家当然不吃土豆，因为布赛不喜欢吃土豆。

乌勒说，他长大的时候，他想和夏士婷住在南院。

"如果我必须结婚的话，我可以要丽莎。但是我不敢保证！"

啊，多么愚蠢的男孩子！不过他们等着瞧吧，我们会和他们结婚的，不管他们愿意还是不愿意。总有一天我们也会说了

算!那个时候至少我会和乌勒结婚,唯一有点儿遗憾的是,他的头发很少。不过他长大了以后,可能会慢慢多起来。

爷爷听我们讲了以后笑了。他说:

"哈哈,呀呀,到那时候还有很多年。你们现在还是孩子。"

爷爷累了,我们和他道晚安以后就回家了。外边很黑,拉赛、布赛和我把乌勒送到他们家厨房门口,免得让他一个人走在黑暗中。

啊,我现在确实讲不出关于吵闹村孩子们更多的故事。我必须赶快去睡觉。因为明天我们要到地里去收土豆。为这件事,我们已经向学校请了三天假。

收土豆挺有意思。我们都穿上自己的旧衣服,脚上穿着胶鞋。地里有时候有点儿冷,手指都冻僵了。这时候我们就用嘴吹一吹手指。

我刚刚收到由烟盒寄来的布丽达和安娜给我的信。信的内容如下:

喂,丽莎,我们想出一个好主意。等我们到了土豆地里的时候,就告诉你。到时候我们一定要跟男孩子们好好开个玩笑。哈哈,他们一定会恼羞成怒,瞧好吧,你。

我在想,她们能想出什么绝招呢?不过明天我就能知道了。

第三部

吵闹村尽是开心事

吵闹村的孩子
Chaonaocundehaizi

吵闹村尽是开心事

我叫丽莎,9岁,住在吵闹村。妈妈说,这个村子所以叫吵闹村就是因为我们村的孩子太吵闹。她说,真不明白,6个孩子怎么会吵成这个样子。听起来就像至少有3倍的孩子在吵闹。但是我认为吵闹最厉害的是拉赛。他跟通常10个男孩吵的声音一样高,这一点我敢保证。布赛和乌勒也好不了多少。布丽达、安娜和我至少有时候还是比较安静。

如果有谁要来吵闹村,他一定要爬很多山坡。因为吵闹村位于很高的地方。拉赛说,如果再高上一点点儿,用一把普通的耙子就可以把天上的星星耙下来。我们吵闹村的风景特别美,因为我们住的地方很高。不过人们看到的都是一望无际的森林,可是很多人认为森林很美。他们特意跑到这里来看森林。有一次来了一位坐小汽车的贵夫人,她还带来一个姑娘。

"我们就是想看看风景。"贵夫人说。她穿着红大衣,戴着红帽子,样子很美。她的女儿也很漂亮,穿着浅蓝色的连衣

裙，还戴一个红色的小胸针。她叫莫妮卡，年龄跟我差不多大。

妈妈问她们，要不要到我们家院子里喝一点儿樱桃汁。她还让我跟莫妮卡说一说话。我多么希望布丽达和安娜能在这里帮我一下。但是她们有事到大庄村去了，不在家。拉赛、布赛和乌勒在，可他们不愿意跟莫妮卡讲话。他们只是待在房角后边搞点儿鬼。有时候他们探出头来，说一点儿什么，高声笑一笑。

"他们是你的哥哥吗？"莫妮卡说。

"只有拉赛和布赛是，"我说，"乌勒不是。"

"他们当中哪一个是乌勒？"莫妮卡问。

"那个只有一点儿头发的。"我说。

正在这个时候拉赛踩着高跷来了。我敢保证,他在耍人来疯。拉赛因为有高跷,所以他能从窗子看到二楼房间里的情况。这样的事他做过一次,当时我正坐在自己的房间里玩娃娃,突然我看见拉赛把头从窗子伸进来。他举着帽子说:

"你好,夫人,这么美丽的夜晚心情好吗?"

起初我被吓了一跳,但是随后我跑到窗子跟前,看见拉赛在踩高跷。这是他第一次踩高跷。

现在他想在莫妮卡面前逞能。他踩着高跷在我们院子里走来走去,并高声对布赛和乌勒说:

"踩着高跷能看到非常好看的风景!"

阿格达——我们家的女佣,正准备去喂猪。她把泔水桶放在厨房门外边。你想不到吧,拉赛正好绊倒在那里!他把猪食都弄洒了,自己也掉进泔水桶里。

"这回我们可看到了非常好的风景。"布赛一边说一边拍着膝盖大笑。莫妮卡也笑了。拉赛赶紧溜到洗衣房,趴在水龙头底下去洗。他回来的时候,浑身都湿透了。但是还像刚才那样勇敢。他拧着头发上的水,看着莫妮卡说:

"随便做点什么让大家开开心!"

妈妈把他叫进屋里,给他换上干净的衣服,然后他又出来了。这时男孩子们也跟莫妮卡说话。啊,当然乌勒没有说,因为他不敢跟陌生人说话。但是他突然对莫妮卡说:

"你想不想看一看我的小妹妹？"

他匆匆忙忙跑回家，抱来自己的小妹妹。夏士婷刚一岁半，乌勒非常喜欢她。这一点儿也不奇怪，因为夏士婷非常可爱，她是乌勒唯一的妹妹。乌勒把她放在莫妮卡的膝盖上，夏士婷揪莫妮卡的头发，还揪掉了好几根。不过莫妮卡没有生气。她知道，小孩子都是这样。

我站在那里，看着莫妮卡的胸针。我说：

"你有一个多么漂亮的胸针。"

"你想要吗？"莫妮卡问。

我不想要。我只是说这是一个多么漂亮的胸针而不是我想要。

但是莫妮卡摘下胸针，放在我的手里。她的妈妈也说，让我收下。这时我妈妈说：

"啊，这怎么行呀……"

不过我还是收下了，这枚胸针上镶满了红色的小珍珠，是我看到过的最漂亮的胸针。现在它是我的了，我把它放在我柜子中的一个盒子里。

过了一会儿布丽达和安娜从大庄村回来了。当她们看见路上停着小汽车时，瞪大了眼睛。很少有人坐小汽车到吵闹村来，因为这里是公路的终点。此外，这里的路狭窄而弯曲。这时妈妈正和莫妮卡的妈妈喝果汁，我们和莫妮卡说话。布丽达

和安娜站在大门口不敢走到我们跟前来,我高声对她们说:

"你们站在那里看什么?你们过去没有看见过人吗?"

这时候她们走过来,向莫妮卡问好,莫妮卡说:

"你们这个村子到底有多少孩子?"

"六个半。"拉赛说。因为他认为夏士婷太小,她还不能算是一个完整的孩子。但是乌勒生气了,他说:

"你才是半个呢!"

我们告诉莫妮卡,布丽达和安娜住在北院;拉赛、布赛和我住在中院;乌勒和夏士婷住在南院。

"我都想住在这儿啦。"莫妮卡说。

莫妮卡的妈妈喝完果汁以后,就坐到小汽车里去了,莫妮卡也只好跟着走。她的妈妈又看了一下周围的风景,并且说:

"住在这样的深山老林之中不会感到单调和乏味吗?"

这时候妈妈说:

"我们一天忙到晚,没时间想这些事。"

我觉得莫妮卡的妈妈说这样的话有点儿愚蠢。我们当然不觉得单调和乏味,因为我们吵闹村尽是开心事。

随后汽车开走了,莫妮卡向我们招手告别,我们长时间目送着她。

"我们大概再也见不到莫妮卡了。"我想。只有她的胸针留在这里。我让布丽达和安娜每人借戴一会儿。

随后我们跑到爷爷那里,他住在北院的一个阁楼里。他是布丽达和安娜的爷爷,他几乎什么也看不见。但是他非常愿意听吵闹村发生的所有事情,所以我们必须把小汽车和莫妮卡的事告诉他。爷爷说,如果没有我们这些孩子,他可能什么也不知道。因为吵闹村所有的大人都没有时间来和他说话。

我们把一切都准确地讲给他听。他很想知道汽车方面的事,布赛可以详详细细地讲给他听。爷爷手里拿着我的胸针,我对他说,胸针上镶满了红色的小珠子,这时候爷爷说,他脑子里可以看见它,这是一个漂亮的胸针。然后我们把莫妮卡的妈妈说吵闹村大概很单调和乏味的话讲给他听,这时候爷爷说:

"哈哈,呀呀,人有的时候很愚蠢!"

爷爷的看法跟我完全一样,吵闹村尽是开心事,才不单调、乏味呢。

我有了一只小羊羔

春天可能最有意思。安娜和我经常想,什么时候最有意思。安娜认为夏天最有意思,我认为春天最有意思。当然还有圣诞节,安娜也这样认为。

我现在讲一讲去年春天发生的事情。我们吵闹村有一大群绵羊,每年春天它们都要产下小羊羔。小羊羔是世界上最可爱的动物,它们比小猫、小狗和小猪都可爱。我甚至认为,它们比夏士婷还可爱,不过我说的时候可不敢让乌勒听到。

产羊羔的季节,我们每天早晨都要跑到羊圈里去看,当夜有多少小羊羔出世。羊圈的门打开的时候,所有的羊都使劲咩咩地叫着。小羊羔叫得最甜、最好听,一点儿也不像母羊和公羊那样粗声粗气的。几乎每只母羊都产下两只小羊。

一个星期天的早晨,当我来到羊圈时,我看到一只小羊死在草堆上。我马上跑去告诉爸爸。他查看了一下小羊羔的死因,是因为小羊的妈妈奶头没有奶水。真可怜,可怜的小羊

羔，它因为吃不到奶而饿死！我坐在羊圈的门槛上哭。过了一会儿安娜来了，她听了事情的经过以后也哭了。

"我多么希望小羊羔不会死。"我对爸爸说。

"对，我也希望。但是很令人伤心，另一只小羊羔也活不成啦。"

他把怀里抱的一只小羊羔指给我们看，小羊羔的样子很虚弱。它是已经死去的那只小羊羔的弟弟。它也无法从自己的妈妈那里得到奶水，而奶水是新生小羊唯一能吃的。因此爸爸说，我们必须把已经死去的小羊的弟弟屠宰掉，免得它也被饿死。安娜和我听了以后，哭得更厉害了，我们伤心死了。

"我不希望小羊羔死。"我喊叫着，并躺在地上。

这时候爸爸把我抱起来说：

"不要哭，丽莎！"他接着说：

"你可以尝试一下，用奶瓶喂这只小羊羔，像喂婴儿一样，如果你愿意的话。"

啊，我立即高兴起来，我相信，我过去从来没有这么高兴

过。我真的不知道,人们可以像喂婴儿一样喂刚出生的小羊羔。爸爸说,他不敢保证我一定能成功。他认为,这只小羊羔还有可能死去,不过我们可以试一试。

安娜和我跑到乌勒的妈妈——丽莎阿姨那里,借了一个夏士婷小时候用过的奶瓶和奶嘴儿。然后我们又去找爸爸。

"爸爸,我们能给这个小可怜虫一点儿奶油吃吗?"我问。

爸爸说,如果我给小羊羔奶油吃,它会生病的。它的胃只能消化牛奶加水。爸爸帮助我配制奶,我们把奶瓶放到热水里泡热,然后我把奶嘴放到小羊羔嘴里。啊,它立即嘬起来,看来它真的饿坏了。

"好哇,你现在成了这只小羊羔的义母了,"爸爸说,"不过它早晚都要吃,你可不能嫌麻烦。"

安娜说,如果我厌烦了,只要跟她说一声,她就会很高兴地替我喂这只小羊羔。但是我说:

"哈哈,你真的相信,我会厌烦!"

我给这只小羊羔起名"彭杜斯",爸爸说,这只小羊羔就是我的了。我想,真运气,在拉赛和布赛起床之前,事情已经定下来,不然他们肯定会为彭杜斯跟我吵。

"真倒霉,就因为睡了一夜觉,丽莎就得到了一只小羊羔。"拉赛说,他有些生气,因为得到彭杜斯的不是他。

开始的时候,吵闹村的每一个孩子都跟我一起喂彭杜斯。

但是他们很快就厌烦了。

非常奇怪,小羊羔总是很饿,好像永远吃不饱。每天早晨,在我上学之前,我都要跑到羊圈喂彭杜斯。它一看到我,就马上跑过来,摇着小短尾巴,亲切地叫着。它长得很白,但是鼻子上有一个黑点儿,所以很容易把它与其他的小羊分开。我在学校的时候,阿格达每天喂它一次。我一放学回家,马上再喂它一次。晚上还要喂一次。有一天我想让安娜替我喂一次彭杜斯,但是她说:

"明天吧!我今天没时间!"

不过我已经答应爸爸,我不会厌烦,实际上我也没有厌烦过,因为我太喜欢它了。它一看见我就特别高兴,这一点让我最开心。彭杜斯大概认为,我是它真正的妈妈。我问拉赛和布赛,他们相信不相信,彭杜斯把我当成它的真正妈妈,这时候拉赛说:

"对,肯定。你很像一只绵羊。"

有一天爸爸对我说,我一定要教彭杜斯在盆里喝奶。因为它不能长成大公羊时还用奶嘴儿。

可怜的彭杜斯,当我突然把一个装奶的盆子放在它鼻子底下时,它一点儿也不明白我的意思。它不知道怎么吃。它用鼻子拱我,想问我把奶嘴儿放到哪儿去了,还伤心地叫着。

布赛站在旁边看着。

"你要喝奶,对不对,"他对彭杜斯说,"你怎么那么笨,张开嘴喝就是了。"他说。

我对布赛生气了。

"彭杜斯当然不笨,"我说,"你不理解小羊羔。"

但是彭杜斯,它只是用鼻子拱奶,咩咩叫个不停,样子很伤心。

不管怎么说,我比布赛更理解小羊羔,因为我想出了窍门!我把手伸进奶里。啊,这时候彭杜斯开始嘬我的手指。它嘬呀,嘬呀,这样它就把奶吸到肚子里去了。当然溅出来一点儿。

后来彭杜斯又嘬了我手指一段时间。但是有一天早晨,它很饿很饿,还没等我把手放进奶里,就开始喝起来,它喝得还不错。从此它就再没嘬我的手指头。不过挺可惜的,因为它站着嘬的时候,样子特别可爱。

春天变暖的时候我们把羊都赶到牧场上,小羊羔都开始练习吃草。但是它们同时也吃奶,所以我每天还是拿着盆到牧场

上去。当我走到大门时,我只是站在那里,使劲喊彭杜斯。这时候从远方的牧场会传来咩咩的叫声,彭杜斯快速跑过来,小尾巴摇来摇去。

现在彭杜斯已经长大,它不需要再喝奶了。它吃草和嚼树叶,特别能干,最后它将变成一只体魄健壮的大公羊。

谁知道呢,以后我可能会有很多只小羊羔。也可能有小狗或者小猫或者小兔,但是谁也不会有彭杜斯那么可爱。我永远也不会像喜欢彭杜斯那样喜欢别的小动物,永远,永远。

彭杜斯去学校

拉赛经常招我生气，他总是这么说：

"不管怎么说，要一只狗比要一只小羊好。"

乌勒当然赞成他的观点，因为乌勒自己有一只狗，叫斯维普。

"狗当然更好。"乌勒说。

"为什么，如果我能问一句的话。"我说。

"嗨呀，狗可以带着到处走，"乌勒说，"你走到哪儿，它们就跟到哪儿。"

"彭杜斯，它只能在牧场里转来转去。"拉赛说。

"但是一只小羊比什么都更可爱。"安娜给我帮腔说。

"可爱有什么用处，"拉赛说，"它只能在牧场里转来转去。"

这就是有一天我们在放学回家的路上争论的。

第二天早晨，我像往常那样去羊圈叫彭杜斯，它立即跑过

来,样子可爱极了,我真想把它吃了,这时候我想,就是用1000只狗换它我也不干,我还想了别的事情。我想,多么可惜呀,彭杜斯只能待在牧场里,因此别人看不到它是多么可爱。

有时候斯维普一直跟乌勒走到学校门口。因此乌勒说,狗可以跟着人到处走。有一次女教师还让斯维普走进教室,让它趴在乌勒的座位旁边。

啊,斯维普多幸运!可怜的彭杜斯,它站在那里喝盆子里的奶,它只能在牧场里转。我想到拉赛是那么盛气凌人,狗可以到处去走,而小羊却不行,这多么不公平。当彭杜斯把盆子里的奶喝完以后,我决定让它跟我到学校去。到时候看拉赛闭嘴不闭嘴。

学校在大庄村,走很远的路才能到,我们吵闹村的孩子每天都一起走。我因为每天早晨都要先去羊圈喂彭杜斯,所以很

难做到准时。我要把彭杜斯带到学校里去的那天早晨,所有的其他孩子都站在乌勒家门外等我。

"你快一点儿,丽莎,"布丽达高声说,"不然我们就迟到了!"

我转身对彭杜斯高声说:

"你快一点儿,彭杜斯,不然我们就迟到了!"

我从来没看到哪个孩子像拉赛、布赛、乌勒、布丽达和安娜看见彭杜斯时那样吃惊。

"它要到哪儿……哪儿去呀?"拉赛说。

"到学校,"我说,"省得老是有人唠叨只有狗可以到处走。"

我敢保证,他们都会大吃一惊。

"丽莎,你敢保证今天你没有发疯?"拉赛说。

"妈妈和爸爸知道吗?"布赛说。

当布赛问妈妈和爸爸是否知道时,我有点儿担心了,因为我事先没有想这个事。不过安娜拍了拍手笑着说,既然狗能去学校,小羊有什么理由不能去呢?对,这正是我想说的。突然拉赛满意地笑了,他说:

"让它跟着吧!不过肯定要把女教师吓昏过去!"

我们大家一起沿着山坡往下走。彭杜斯也往下走。有时候它停一会儿,好像在思考,这样做是否对。但是当我喊"彭杜

斯"时,它立即就懂事地"咩咩"叫,赶紧追上我。

这次到学校比平时用的时间长了一些,所以我们迟到了。上课铃已经响过,孩子们已经走进教室。大庄村和吵闹村的孩子不多,所以我们都在一个教室,共有一个老师,但是我们上不同年级的课。

彭杜斯上学校的台阶时很费力,我必须帮助它一下。

"它可能还没到上学的心理年龄。"拉赛说。

几年前,当拉赛开始上学的时候,他一分钟也不能安静地坐着。当时女教师说,他还没到上学的心理年龄。女教师把他送回家,并且让他第二年再来上学。因为他需要先在家里玩一玩。这件事他明显忘不了,因此他用同样的话说彭杜斯。

布丽达敲门,随后我们走进教室。

"对不起,我们迟到了。"布丽达说。

她刚说完,乌勒就开始笑。我们其他人都静静地站着,但乌勒笑个没完,好像有人在胳肢他。

"你今天怎么这么高兴啊,乌勒。"女

教师温和地问。

彭杜斯站在我们身后,谁也没看见它。不过突然传来一阵甜甜的"咩咩"声,彭杜斯伸出头来。所有座位上的孩子都吓了一跳。女教师也吓了一跳。

"天啊……"她说,"你们是不是把小羊带来了?"

"丽莎……"布赛刚开口就停下了,因为他想到女教师大概要对我发脾气。我也对此感到担心。

"我们正在上家畜的课,"我轻声说,"所以我想……"

"你想什么?"女教师说。

"我想带来一只真的小羊可能更好。"我说。其实这句话是我临时想出来的。

女教师大笑起来,所有的孩子都笑了。特别是乌勒,他笑得浑身颤抖。

然后我们把彭杜斯拉到讲台上,大家都过来抚摸它。我们都读过自然地理中有关绵羊的内容,所以我有机会讲我怎么样用奶瓶喂养彭杜斯。大家都很喜欢它,我们为它唱《咩咩,小白羊》。但是我想,它对吵闹声有点儿厌烦,开始想念牧场。不过它还算听话,在剩下的时间里,它安静地站在我的座位旁边。不过有的时候例外,它会轻轻地跳或者叫。每到这个时候,乌勒都笑个没完。他把头放在课桌上,不停地笑,引得其他人也跟着笑。

吃午饭时,如果天气晴好,我们就坐在学校的台阶上吃三明治。这天我们也这样。我像平时一样,带了一瓶牛奶,这次给彭杜斯喝。我从女教师那里借了一个盒,把牛奶倒在里边。所有的孩子都认为,看彭杜斯喝牛奶特别好玩。安娜把她的牛奶给了我一半,省得我没有牛奶喝。

喝完奶以后,彭杜斯在校园里跑来跑去,有时候它咬一点儿女教师菜园里种的胡萝卜,我就马上把它赶走,并对它说,在回到牧场之前,一定要安安静静地待着。

那天放学以后,我们准备回家,这时候拉赛说:

"明天我们上犄角类动物的课,一定很有意思。到时候我会带来一头公牛。"

这时候乌勒又笑起来,笑得上气不接下气了。

"不过它待在座位旁边肯定会有点儿挤。"拉赛说。

这时女教师说,课堂上不再要活的动物,尽管上自然地理课有活的动物可能要好一些。"但是如果要坚持的话,会变得有点儿麻烦。"她说。

"对,如果那样的话我们上鳄鱼课怎么办呢?"安娜说。

乌勒又发出一声大笑,放出一句话:

"到时候我就带一条鳄鱼来!"

回家的路上彭杜斯走不动了。上坡时我们大家轮流抱它,然后我们大家一起跟它走到牧场。当我们把它放进羊圈场的时

候，我从来没有看见过哪一只羊像彭杜斯那样高兴得又蹦又跳。它迅速跑向其他绵羊，咩咩地叫着，整个牧场都能听到。

"看得出来，它还没到上学的年龄。"拉赛说。

放学回家的路上

我们吵闹村的孩子,在放学回家的路上总是玩得很开心。因为我们一边走一边讲学校里发生的所有的事情,有的时候我们互相讲自己知道的故事,讲我们长大以后做什么,等等。有的时候我们坐在路边休息休息,有的时候我们爬树,或者不走路,在围栏上走,因为走路太单调。

妈妈说她不明白,为什么放学回家走路用的时间比上学所用的时间多一倍。我也不明白,真有点儿怪,但是没有办法,可事实就是这样。但是没有办法,我不相信有什么办法。

今年春季的一天,我们回到家里特别晚,妈妈对我说:

"请你如实地讲,你们在路上做什么了。"

我只好讲。事情是这样的:

我们先去大庄村的商店,给爷爷买冰糖。爷爷很喜欢吃冰糖,我们愿意帮他买。因为他把冰糖放在墙角的柜子里,几乎每次到他那里去的时候,都可以尝一尝。布丽达负责买冰糖。

如果能先尝一尝可能很不错，但是我们不能这样做。布丽达把冰糖装进书包，并且说：

"如果6个人都尝一尝，最后只能给爷爷空袋子了。"

"这可不行，"拉赛说，"我们最好带着冰糖赶快回家，免得出什么事故。"

我们开始往家里走。但是布赛特别喜欢吃糖果之类的东西，他说：

"我要是有1克朗就好了！那我就用它全买了糖。"

"啊，不过你现在没有1克朗，"安娜说，"真巧！"

"对，不过要是能找到1克朗就好了，"布赛说，"碰巧找到！"

"怎么能找到呢？"布丽达说，"你走起路来总是趾高气扬的，怎么能找到地上的东西呢。"

这时候布赛决定，他走路要看着地。他还没走出50米，就找到了1克朗。这简直是一个奇迹！可能有什么精灵听到人的愿望，就把克朗撒在路上。这个克朗正好掉在去吵闹村的十字路口上。

布赛一开始只是瞪着眼睛看着那个1克朗硬币，好像不相信是真的。但是后来他捡起钱，跑回商店，像他说的那样都买了糖。我们站在十字路口等。他买回来以后，请大家吃糖。

"想想看，捡钱那么容易，"布赛说，"可惜没有早发现

这个赚钱的办法!"

哎哟,然后我们大家瞪大眼睛在地上找。拉赛说:

"我要有1克朗就好了!"

因为他相信,可能某个精灵也能给他1克朗,但是他没有找到1克朗。这时候他说:

"我要有50厄尔就好了!"

但是他也没有找到50厄尔。他不肯死心,又说:

"我要有10厄尔就好了!"

但是10厄尔也没找到。这时候他气愤地说:

"你们等着瞧吧,我会找到1厄尔!"

但是他1厄尔也没找到,他和其他人都没找到。自从布赛找到1克朗以后,我们当中没有一个人找到1厄尔。

我们一边吃着布赛买的糖,一边往家里走。走着走着布赛想出了一个主意,他让我们进行比赛,看谁嘴里的糖化得慢。他想出这个主意的目的,就是想让糖别马上就吃完。我们认为这个比赛不错。我们每个人往嘴里放一块糖,想尽办法慢慢嘬。过了一会儿以后,我们在马路中间站成一圈,伸出舌头进行比较,这时候糖几乎都没有了。当时我们才走了一半路,正好在鞋匠友善的房子前面。友善从他厨房的窗子伸出头来说,如果我们当中有人还明一点儿事理,就请他把阿格达换过新跟的皮鞋带回去。我们赶紧缩回舌头,不想被别人看见。布丽达

取得了含糖比赛的胜利。拉赛负责拿阿格达的皮鞋,他把鞋装进背包里。

然后乌勒提议,我们比赛憋气,看谁憋得时间长。我们真的比了。不过为了安全我们还是等了好一会儿,等我们离开鞋匠的房子有一段距离才开始比。因为鞋匠可能认为,这是一件愚蠢的事——站在马路中间憋气玩。

我们确实憋了很长时间。我事后对妈妈说,当然不是因为我们憋气才回家晚了,不过有一点儿这方面的原因。拉赛说,他赢了,但是乌勒这时候说:

"不,拉赛,布赛的脸比你憋得还青呢!"

然后拉赛说,我们比啐唾沫,看谁啐得最远。不过小妞们不必参加,因为她们不善于啐唾沫。

布丽达、安娜和我立即生气了,我们啐得不比任何人差。布丽达说,如果不让我们啐,男孩子们在她生日那天不得参加生日宴会。后来我们被同意参加。拉赛自然取得了胜利。尽管安娜啐得比布赛和乌勒确实都远。

鞋匠有一块草地,春天的时候就被水淹没了。这时候草地变成了一个小湖。草地上有一块很大的石头。春天的时候,石头从水里伸出来,就像一个小岛。当我们到鞋匠草地时,我们站在那里休息一会儿。

"我想到那块石头上去。"拉赛说。我们大家都说也想去。

这时候拉赛找来几块围栏上用的木板，搭在那里当通向那块大石头的桥。我们一个接一个爬过去。天气晴好，阳光灿烂，我们坐在大石头上，沐浴在阳光里，真是舒服极了。

"我们要是有一点儿吃的就好了。"安娜说。

但是我们没有。糖吃完了。这时候拉赛拿下自己的背包，在里边寻找。里边有阿格达的鞋，还有一个他午饭时没吃了的三明治。

我们玩一个游戏，假装这块石头是大海上失去控制的一条船，我们是船上的一群海盗，如果得不到援救，我们再有一天就会被饿死。拉赛把那个三明治分成6等份给我们，他说：

"同伴们，这是把我们与死神隔开的唯一一点儿吃的东西。但是你们要像你们的船长那样——振作起精神！"

他说的船长当然是他自己。然后他说，最困难的是我们没有水喝，没有水我们就会被渴死。这时候布赛说：

"天啊，整个鞋匠草地都灌满了水，多得哗哗响！"

这时候拉赛说，布赛真愚蠢。我们船的周围都是海水，谁想喝海水，拉赛就把他打死，"因为喝了海水，人会发疯的。"拉赛说。

然后他就躺在石头上，假装因为又饿又渴而晕过去。布赛说：

"他似乎已经喝下去很多海水！"

而拉赛跪在地上，拍着双手，拼命呼叫"救命啊，救命啊"，声音在周围回响，听起来真够吓人的。在他叫喊得最厉害的时候，有人跑了过来，不是鞋匠是谁呀！他以为拉赛真的喊救命，他愤怒得像只蜜蜂。

"你们怎么到这儿来的，就给我怎么离开这儿，"他说，"一群造孽的孩子！"

不过他还是走到水里，把我们从石头上一个接一个地抱起来，扔到岸上。尽管他穿着雨鞋，尽管他自始至终骂个不停，他还是发了善心，把我们都救上岸。其实没有必要，但是我们不敢说出来。

我们赶紧离开那里，他在我们身后高声说，他最讨厌吵闹村的孩子，对他来说，没有比我们更讨厌的东西。下次我们要手下留情，别再拆他围栏上的木板。

我们走了很远一段路以后,我偶然看了一眼拉赛的背包,这时候我说:

"阿格达的皮鞋,你把它放到哪儿去啦?"

拉赛吃了一惊。他说,皮鞋放在石头上。当他找三明治时,把皮鞋拿了出来,忘了放回去。我们大家只好往回走,因为我们不忍心让拉赛一个人单独去找。

不错皮鞋还放在石头上,用旧报纸包着。但是鞋匠已经把当桥用的木板拿走了。因为天很热,阳光充足,拉赛建议我们都脱了鞋,光着脚蹚水到大石头上。我们真的那样做了。水一点儿也不凉。我们假装把那块石头当作遇难的沉船,我们是一伙海盗,必须上船去抢救那批珍宝——阿格达的皮鞋。我们假装沉船上还有另一伙海盗,他们保护着这批珍宝,我们在水里跑来跑去,向那伙海盗射击。拉赛指挥我们,我们爬上沉船,嘴里叼着刀,啊,当然叼的只是木头棍,但是我们假装那是刀。最后我们都爬上了那块大石头,拉赛在头上挥舞阿格达的皮鞋,高声呼喊:

"珍宝属于我们!消灭一切胆敢来犯之敌!"

这时候鞋匠来了。来犯之敌不是别人,正是他。可怜的家伙,当他看见我们时,我真有点儿同情他。因为现在他明白了,他刚才救我们是无谓的。他张着大嘴,半天没有说出话来。我们一声不吭地坐在石头上,但是最后鞋匠说话了。

"你们快滚蛋,"他喊叫着,"你们快滚蛋,免得我对你们不客气!"

我们从那块石头上跳下来,哗哗地踩着水跑到岸上,拿着鞋和袜子,拼命从那里跑开。鞋匠在我们身后高声说,真奇怪,吵闹村难道就没有一块地方供你们吵闹。

然后我们回家,我们再没有停下来。只有一次例外,就是看一棵树上的鸟窝,布赛知道那个地方。我们轮流爬上去看。鸟窝里有4枚浅蓝色的小鸟蛋。布赛喜欢收集鸟蛋,但是布赛也很爱护鸟和鸟窝。我们只能看一看,看的时间也不能太长。

当我把这一切讲给妈妈听的时候,她说:

"现在我明白了,你们为什么每天五点钟以前无法放学回到家。"

拉赛找到阿格达说,明天她一定会拿到上了新跟的皮鞋。他说他把鞋放在一个特别保险的地方,她完全用不着担心夜里鞋会丢了,因为鞋在一个沉船里,有海盗保护。另外还有一个非常易怒的鞋匠。

乌 勒 拔 牙

有一天女教师对乌勒说：

"你为什么用手指捂着嘴，乌勒？"

乌勒显得很不好意思，他说：

"我有一颗牙要掉。"

"回家以后拔掉就是了，"女教师说，"现在我们做算术题。明天我们看被拔掉的那颗牙的牙槽。"

这时候乌勒显得很害怕。因为他认为，尽管牙已经松动了，拔牙还是特别难受。我觉得也是。

"哎呀，拔一颗这么小的乳牙能有多痛。"爸爸说。

有时候可能确实不是很痛，但是挺难受的。换牙的时候，爸爸每拔掉我们一颗牙给我们 10 厄尔。啊，他拔的当然是已经松动的，不过这也足够了。我觉得好像总有一颗牙松动。布赛一点儿也不怕拔牙。因此我觉得，他拔掉一颗牙不应该得到 10 厄尔。他用结实的棉线套住牙，突然一拽，牙就掉了。不

过爸爸还是给布赛10厄尔,就因为他勇敢。

但是乌勒,可怜的家伙,他比我还害怕拔牙。我们放学回家的时候,我们每个人都摸了一下他松动的牙,那颗牙确实很松了。

"我不费吹灰之力就可以把那颗牙拔掉。"布赛说。

"你什么都不要动。"乌勒说。他一路低着头,也不怎么说话。

"哎呀,用不着为一颗牙垂头丧气的,有什么了不起的呀,"我说,"因为只有自己有了松动的牙齿时,才会知道有多么不舒服。"

"我知道,我们应该怎么办,"拉赛说,"我们到家以后,你用棉线拴住牙,我们把棉线的另一头拴在围栏上,我拿一根铁棍,把它烧红,然后放在你的鼻子底下,你一害怕,往后一跳,牙就拽下来了。"

"我想给你一铁棍。"乌勒生气地说。他一点儿也不认为,这是什么建议。但是我们回到家里以后,他还是用一根棉线拴住牙,所以他能不住地拽一拽,使那颗牙更松动。因为必须得用某种办法把牙弄下来。女教师已经说过,她第二天要看牙槽。我认为正是因为这个原因乌勒才不安,必须要在第二天以前把牙拔掉。不然女教师就会认为,他害怕拔牙,乌勒不想让她有这个印象。

安娜试图安慰他。她说：

"哎呀，女教师说不定明天就忘了。"

但是安娜像乌勒一样明白，我们女教师几乎从来不忘事。"她的记忆力好得惊人。"拉赛说。

我们在公路上打圆场棒球，春天晚上我们经常这样做。打球的过程中乌勒的嘴里一直挂着一根很长的黑棉线。他跑的时候，样子特别有意思。有的时候他完全忘记了牙齿、棉线和整个苦难，因为这时候他像通常那样说呀笑呀。但是突然他的样子又显得特别沮丧，不安地揪着棉线叹气。

"现在都7点钟了，那颗牙你还是没有弄掉，"拉赛最后说，"我们要不要拿铁棍试一试？"

这时候布赛请求再看一下那颗牙，他说：

"你怎么这样，那颗牙只连一点儿皮。快把它拔掉吧！"

乌勒听了，吓得直打战。难就难在最后那一小块皮呀。

当我们打棒球打烦了的时候，我们就去爷爷那里。我们告诉他乌勒有一颗松动的牙。

"他今天晚上必须拔掉它，"拉赛说，"因为女教师明天要看那颗牙的牙槽。"

当乌勒听拉赛这么说的时候，他差一点儿哭起来。

"哈哈，呀呀，"爷爷说，"哈哈，呀呀，牙的事！我小的时候……"

"啊，爷爷，请你讲一讲，你小时候的事。"安娜一边说一边爬到爷爷的膝盖上。

这时候爷爷讲，他小的时候，有一次牙整整痛了一个月，真可怕，最后只得去找铁匠把牙拔掉。当时教区里没有牙科医生。铁匠拿一把大钳子，拔掉爷爷那颗牙，简直痛死了。当他回到家里时，他的牙又痛了起来，真可怕。因为铁匠把牙拔错了。后来爷爷又痛了一个月，他不敢再找铁匠，因为用一把普通的钳子把槽牙拔掉非常痛。但是牙痛得难忍，最后他必须得去找铁匠。这回铁匠拔对了牙。"但是铁匠抓着钳子在上面打秋千，"爷爷说，"因为那颗牙长得很结实，牙根又大又深。"

"可怜的爷爷。"乌勒说。但是我相信，他可能认为拔自己的牙跟拔爷爷的牙一样难受，只不过没有很深的根。

"哎呀，爷爷，想不到你也曾经是一个怕拔牙的小孩子。"安娜说。

"哈哈，呀呀，这已经是很久以前的事了。"爷爷说，"现在我就剩下三颗牙，每颗牙都是自己掉的。"

"所以你现在用不着害怕了。"安娜满意地说。

"用不着，用不着，现在我用不着再害怕了。"爷爷说。

然后他走到墙角的柜子里，拿出冰糖给我们吃。我们每人一块，他又说：

"别吃冰糖了！吃冰糖就会牙痛！哈哈，呀呀！"

然后我们跟爷爷道晚安,离开那里。

"啊,怎么样才能弄掉你的牙呢?"拉赛对乌勒说,"它要一直待到像爷爷一样老的时候吧。"

乌勒生气了,这不能怪他。

"待在那儿碍你什么了,"他说,"我想,这是我的牙!"

"对,不过你什么时候把它拔掉呢?"布丽达说。

乌勒用手指摸了摸铁丝,说:

"明天早晨吧,可能。"

然后他就跑回家了,那个可怜的家伙。这时候拉赛说:

"乌勒真可怜,我知道,我应该怎么做。乌勒睡着以后,我偷偷爬到他的屋里去,把那颗牙拔掉了。"

"嗨呀,"我们说,"你可不能这样。"

"为什么呢?"拉赛说,"我——牙科医生拉士·埃里克松——在全麻醉的情况下拔牙。"他一边说一边比画。

这时候我们说,我们愿意跟着去看。于是我们一齐跑到拉赛和布赛的房间,坐在那里等。

吵闹村的三栋房子离得都很近。乌勒住的南院和我们的中院只隔一两米远。两个房子之间长着一棵大椴树,所以拉赛、布赛和乌勒想互相见面的时候就从树上爬过去。乌勒的房间正好对着拉赛和布赛的房间,我们坐在他们俩的房间里等。

我们听见乌勒正在自己的房间里弄什么东西。最后拉赛高

声问：

"你还不马上睡觉吗，乌勒？"

"你自己该躺到床上睡觉了。"乌勒高声说。

"布赛和我早就躺在床上了。"拉赛高声说。而我们偷偷地笑，因为他们只是坐在地上，衣服也穿着。

"你不困吗，乌勒？"过了一会儿布赛高声说。

"当然困，但是你们叫个不停，我睡不着。"乌勒说。

不过他还是躺下了，谢天谢地。

"关灯，乌勒。"拉赛高声说。

"你自己也关灯。"乌勒也高声说。这时候拉赛关了灯，我们坐在黑暗里等。过了一会儿乌勒关上了自己屋里的灯。

"希望他能很快睡着，不然我自己就睡着了。"安娜一边说一边张着嘴打哈欠。

就在这个时候我们听见椴树上有响声，是乌勒来了。布丽达、安娜和我赶紧躲到衣帽间去。而拉赛和布赛趴在床上，赶紧拉上被子。

"喂，布赛，"当乌勒伸出头来的时候说，"我明天可能会生病，不能去学校，所以你们就别等我了。"

"病，为什么你会病？"拉赛说，"如果你晚上按时睡觉，你会健康得像条鱼。"

"我肚子痛。"乌勒说，然后他爬回自己的房间。

我敢肯定,如果乌勒真的肚子痛,也是因为自己的牙而过于紧张造成的。

我们等了很长时间,最后我们困得睁不开眼了。

"现在他肯定睡着了。"拉赛最后说。

他爬到菩提树上。

"你还没睡着,乌勒?"他尽量轻声说。

"不,我已经睡了。"乌勒说。

我们不得不坐下来再等一会儿。但是最后拉赛说,他想进去,看一看乌勒是不是已经睡着了,因为,如果他还没有睡着,那就是病了,拉赛必须去给他请医生。我们大家从椴树上爬过去,尽量不出声。拉赛随身带着手电筒,他照了一下乌勒的床。乌勒躺在那里睡着了,棉线从他嘴里耷拉下来。啊,我害怕了,我感到拔牙真让人难受!想想看,如果真痛的话,乌勒肯定会叫起来!他如果看见我们都站在那里,他会说什么呢?

拉赛紧紧地抓住棉线,并且说:

一、二、三,

第四动手干,

第五很关键,

第六"啪"的一声就办完。

正当他说到"'啪'的一声"时,他用力一拉——那颗牙被拔下来吊在铁丝上。乌勒根本没醒,他只是说了句梦话:

"我肚子痛。"

布赛想把他叫醒,但是没有成功。这时候拉赛说,不醒更好,这样乌勒可能认为,有一个幽灵在这儿,把他的牙拔掉了。拉赛把棉线的另一头拴在顶灯上,拔掉的牙悬在空中,第二天早晨乌勒醒来时首先就能看到。想想看,他会多么高兴!

乌勒第二天确实没有肚子痛。他像平时那样站在大门外边等着我们。他一笑就露出一个大豁牙子。

"是你把我牙拔掉的吧,拉赛?"他对拉赛说。

这时候我们告诉他,我们大家都去过他的房间。当他听了自己那句梦话时,笑得更厉害了。他高兴得跳起来,他用脚踢着路上看到的所有石头。这时候他说:

"实际上拔牙并不困难。"

"对,在麻醉的情况下是这样的。"拉赛说。

我们决定,我们在夜里互相拔掉所有的牙,啊,我的意思

当然是指所有松动的牙。

　　当我们来到学校的时候,乌勒直接走到女教师跟前,张开大嘴说:

　　"请看吧,女教师,我已经拔掉了我的牙。"

　　"正确地说是我给他拔掉的。"拉赛坐在远处的座位上小声说。

　　不过女教师没听见。

我们自己也不知道，我们在做什么

安娜和我在洗衣房后边有一块特殊的地方，那里长出了最早的蓝色银莲花。我们还有另外一块地方，那里长着报春花。吵闹村所有的牧场上都长着白银莲花，一大片一大片的。我们采白银莲花和蓝银莲花。如果把花束伸到鼻子底下，闭着眼睛都知道春天来了。

安娜和我还有另外一块春天玩的地方。在一条深水渠里，我们坐在两个盛糖的空箱子上。周围是潺潺的流水，但我们的衣服没有弄湿，至少没有太湿。水渠周围长着很密很密的稠李，所以我们好像置身于一个绿色的大厅里。我们经常坐在水渠里。稠李花盛开，阳光灿烂，周围流水潺潺，所以我们认为，这是一个春天待的绝好的地方。但是布丽达对此不理解。今年春天的一天，我们坐在那里，安娜和我，布丽达走过来，把头从树丛中伸出来。她看到我们在水渠里，这时候她说：

"你们在做什么？"

安娜和我互相看了看,想了一下。

"我们自己也不知道我们在做什么。"我说。

因为我们真不知道。布丽达走了,她说,如果连自己都不知道自己在做什么,那有什么意义呢?还是做点儿别的好。但是安娜和我仍然坐在那里,尽管我们不知道我们在做什么。

水渠周围长着很多报春花。突然我对安娜说,我是迎春花公主。这时候安娜说,她是报春花公主。

"欢迎到我的绿色宫殿里来。"我说。

"我也欢迎你到我的绿色宫殿里来。"安娜说。随后我们为究竟是谁的绿色宫殿吵了一会儿。但是后来我们找到一个解决办法,迎春花和报春花是一对双胞胎,每个人住在宫殿里的一头。

啊,我的绿色宫殿,

啊，我的奔腾大河。

安娜用演戏似的声音说，她和我单独在一起玩的时候经常这样说话。

我也这样说：

啊，我的绿色宫殿，
啊，我的奔腾大河。

我拿一根稠李树枝插在头发上。安娜也学我的样子。

"啊，我的白色，白色的鲜花。"我说，我想安娜肯定会说同样的话，但是她没有。

"啊，我的白色，白色……家兔。"她说。

"白兔怎么啦？"我说。

"我的被魔化的家兔。"安娜说。她说，在她绿色的宫殿里，有一个黄色的兔笼子，里边有两只被魔化的家兔。

"哈哈，你没有。"她说。

但是正巧在这个时候，我看见水渠里有一只小青蛙。我说：

"啊，我的被魔化的小青蛙！"

我赶紧抓住这只小青蛙。因为每个人都知道，在绝大多数

情况下,青蛙都是由王子魔化来的。我的意思是指在童话中。安娜也知道这一点,所以她很嫉妒我的小青蛙。

"啊,我能拿一下它吗?"她说。

"还是拿你的白色家兔吧。"我说。

但是安娜死乞白赖地要拿一下我的小青蛙,我只好让她拿。

"想想看,说不定它真的是一个被魔化的王子。"安娜说。

"是被稠李的香味熏醉了。"我说。

但是这时候我开始想。可能真是因为阳光下稠李的香味儿太浓,我也被熏醉了。因为这时候我突然想到,谁知道,这是不是一个被魔化的王子呢。在有被魔化的王子期间,也可能有

通常的青蛙,它们原来就不是什么王子。这时候可能会发生这样的事情,有某个被魔化的王子被人忘记,结果误当作一只普通的青蛙。如果没被某个公主看中亲一下,它只得永远当一只青蛙,尽管童话已经结束。可怜的家伙,它现在坐在吵闹村的水渠里,被人忘了!我问安娜,她相信不相信,她相信。

"那么,"我说,"我们只需要做一件事。我们必须亲它,驱走它身上的魔气。"

"嗨,太恶心了。"安娜说。

不过我说,如果过去公主都像你这样愚蠢和胆小,那么我们今天的水渠里肯定挤满了被魔化的王子。

"但是我们不是真正的公主呀。"安娜争辩说。

"我们无论如何要试一试,"我说,"如果我们俩互相帮助,可能还行。"

"你先来,迎春花公主。"安娜一边说,一边把那个被魔

化的王子递给我。我把它放在手里，看了看它，当我想到我必须要亲它的时候，心里感到有点儿恶心。但是没有办法。

这时候我突然想起一件事。

"你，安娜，"我说。"如果他真是一个被魔化的王子，请你记住，这个青蛙是我的。"

"你说这话是什么意思？"安娜说。

"啊，因为他要娶公主，拥有半个王国，这你是知道的。"

但这时候安娜生气了。

"如果我帮助你亲他，他不但是你的，也一样是我的，"她说。"由他自己选好啦！"

这时候我们决定，由王子自己选，他是要报春花公主，还是要迎春花公主。然后我说：

一、二、三，
第四动手干，
第五很关键，
第六"啪"的一声就办完。

我闭上眼睛亲了青蛙一下。

"他被魔化得很厉害，"安娜说，"王子没有出现。我觉得亲青蛙没有太好的意义。"

"不要找借口,"我说,"请吧,报春花公主!"

这时候她拿过青蛙,很快很快地亲它。但是她太匆忙了,结果把青蛙掉进水渠里,它拼命跳了几下,逃跑了。

"你这个笨蛋,"我说,"把我们被魔化的王子放走了。"

"你知道吧,"安娜说,"只有真正的公主,才能感动这类丑八怪。"

这时候我们听到树丛后面传来一阵可怕的怪笑声。是布丽达、拉赛、布赛和乌勒站在那里。他们看到和听到了刚才发生的一切。

"看呀,那边坐着两位,她们自己也不知道自己在做什么。"布丽达说。

拉赛睁大眼睛说:

啊,我的绿色宫殿,

啊,我的奔腾大河,

啊,我的白色,白色的鲜花!

"啊,我的白色,白色家兔。"布赛说。

"青蛙得到王国和半个公主。"乌勒说,他笑得直不起腰。

这时候安娜拿走我们放在水渠里的一个空鳗鱼罐头盒,灌满水,朝乌勒浇去。

"你难道不愚蠢吗?"乌勒高声说,"你们到底在做什么?"

"我生气了,我不知道我在做什么。"安娜说。

我用手在水渠里捧了一捧水,撩到拉赛的耳朵上。

"啊,安娜和我自己也不知道,我们在做什么。"我说。

智者珍宝盒

那颗牙,就是拉赛从乌勒嘴里拔下的那颗牙,乌勒特别珍爱,好像它是一块黄金。他把它装在一个火柴盒里,每天装在口袋里,还不时地掏出来看看。

几天以后,布赛也有一颗牙松动了。对他来讲,这本来是一桩小事,像通常那样一拔就掉了。但是这个时候布赛脑子里想,他也希望在他睡着的时候,有人给他拔掉。因此在那天晚上,在他睡觉之前,他用一根很长的棉线把那颗松动的牙拴上,把另一头拴在门的把手上。当第二天早晨阿格达叫男孩子们起床时,用手一拉门,那颗牙被拔掉了,布赛一下子就醒了,阿格达用不着再叫了。

"真够棒的,可以拿牙做很多开心的事。"那天我们上学去的时候布赛说。他把自己的牙已经放进一个火柴盒里,像乌勒一样,他们俩一边走一边比牙。拉赛很眼热,他没有被拔掉的牙。但是他说:

"去年大庄村的牙科医生给我拔掉的那颗槽牙,我不知道放到什么地方去了。"

那天晚上他翻箱倒柜,找到了很多他认为永远丢失的好东西。一个烟盒里放着几个坚果,几个空子弹壳,一个破哨子,五个破锡兵,一个破活动铅笔,一个破钟,一个破手电筒和拉赛那颗槽牙。那颗槽牙也是破的。正因为破了,他才把它拔掉。拉赛看了看所有这些破烂货,他说他有时间的时候,一定要把它们都修好。对,当然不是这颗牙。他把它放在一个火柴盒里。啊,整个晚上拉赛、布赛和乌勒神气十足地走来走去,口袋里的火柴盒哗啦哗啦地响个不停,连棒球都不想打了。布丽达、安娜和我玩跳房子,理也不理他们。

"我已经很讨厌牙齿,我真想把我的牙一下子都啐出来。"布丽达说。

正在这个时候男孩子们来了。他们曾在拉赛和布赛的屋里待了很长时间,样子很诡秘。

"我们做的事情绝对不能告诉小妞们。"拉赛说。

"对对,如果告诉她们的话,那就太不妙了。"布赛说。

"永远不能说这件事。"乌勒说。

我们真是好奇死了,布丽达、安娜和我。但是我们很理智,我们什么也没说。

"该你跳了,安娜。"我说。

我们兴高采烈地跳房子,装作没事儿一样。

拉赛、布赛和乌勒坐在路边看着我们。

"你藏好了吧?"布赛对拉赛说。

"用不着担心,"拉赛说,"智者珍宝盒,我肯定会藏在一个安全的地方。"

"好,不然小妞们会拿走,"乌勒说,"拿走了可就坏事了。"

拉赛露出一副苦相,好像他想不出比被我们拿走更可怕的事了。

"别说丧气话,乌勒,"他说,"如果小妞们拿走……哎呀……哎呀……哎呀!"

"该你跳了,丽莎。"布丽达说。

我们跳房子,装作一点儿也没听见智者珍宝盒的事。

这时候男孩子们走了。他们仨人并排着走,安娜指着他们后背小声说:

"那几位智者走了，嘿嘿！"

我们使劲笑着。拉赛转过身来说：

"就知道傻笑，有很多事情你们一无所知，你们真可怜！"

这时候我们决定探寻智者珍宝盒。我们心里明白，这是一个男孩子们惯用的愚蠢小伎俩，但是我们还是想知道智者珍宝盒里有什么东西。

男孩子们去牧场骑我们家那匹黑母马斯维亚。我们走到拉赛和布赛的房间。我们找呀，找呀。但是怎么也找不到智者珍宝盒，因为我们根本不知道智者珍宝盒是什么样子。柜子里、床底下、衣帽间的架子上、壁炉里和阁楼里的所有地方，我们都找遍了，但就是没看见智者珍宝盒。

正当我们找得最起劲的时候，通向阁楼楼梯的门被打开了，男孩子们咚咚地跑来。哎呀，我们别提多慌了！阁楼里挂着很多衣服。我们偷偷地跑到衣服后边，静静地站在那里，大气儿也不敢出。

"我们把东西拿出来，再看一次。"布赛说。

"我们必须先看看，小妞们在什么地方，"拉赛说，"她们可能待在丽莎的房间里，傻乎乎地玩娃娃呢。"

"不对，那我们应该能听见她们嘀嘀咕咕地说话，对不对，"乌勒说，"我想她们大概去北院了。快把盒子拿出来吧！"

我们站在那里,一动也不敢动。我真担心自己会打喷嚏或笑出声来,这时候拉赛似乎朝我的方向走来,我想,啊,这回完蛋了!但是他及时停住了,弯下腰,拿出什么东西,我看不清楚。

安娜推了我一下,我也推了她一下。

"智者发誓,永远不泄露隐藏地点。"拉赛说。

"对,但是我们怎么表达呢?"布赛说。

他不像拉赛和我那样容易找出好词。但是乌勒说:

"我们发誓,永远不泄露隐藏地点。"

"发誓,永远不让不忠实的人得到智者珍宝盒。"拉赛说。

不忠实的人当然指布丽达、安娜和我。我又推了安娜一下。布赛和乌勒发誓,永远不让不忠实的人得到智者珍宝盒。

"对,如果不忠实的人得到它,神秘力量就消失了。"拉赛说。

啊,我是多么想看一看那神秘的珍宝盒。但是男孩子们站在那里挡着视线,我看不清楚。最后拉赛把那些东西又塞进一块活动的地板底下,然后他们顺着楼梯咚咚地跑下去了。

这时候我们赶紧行动。阁楼的门刚一关上,我们立即跑出来,拿掉那块地板。那里边放着智者珍宝盒,啊!我的天呀,其实就是拉赛那个空烟盒,别的什么也没有。盒盖上用大写字母写着"智者珍宝盒",底下画着一个骷髅。

"快打开,布丽达,我们看一看里边有什么好东西。"安娜说。

这时候布丽达打开了。安娜和我都使劲伸着头,想看得更清楚一些。我们看到的只是三颗小白牙,两颗小的,一颗稍大一些。这就是智者珍宝盒中所有的东西。

"我有的时候真怀疑,男孩子们是不是真聪明。"布丽达说。

阿格达——我们家的女佣,她把自己的东西都放在阁楼里的一个旧柜子里。妈妈说,我们任何时候都不能动她的柜子。

但是阿格达很友善,她经常让我们看她柜子里的很多好东西。她有一个粉色的针垫,上边有牙状边,还有很多带花的明信片,一个很香的香水瓶,一个差不多是纯金的手镯,还有……啊,东西太多了,我数不全。

去年大庄村的牙科医生给她装了新假牙,因为他说,她的旧假牙太难看了,他过去从来没看见过这么难看的牙。他说,一个人其他方面都很好,而牙齿难看很可惜。但是阿格达没有把旧假牙扔掉。她对我说,她平时还可以戴旧假牙,至少天气

不好的时候。她省着新假牙节日戴。

"喂猪和挤牛奶时完全可以戴旧假牙。"她说。

但是她很快就厌烦了旧假牙,因为新假牙更漂亮。阿格达喜欢奥斯卡尔,他是我们家的长工,她希望自己平时看起来也漂亮。

我知道,阿格达的旧假牙放在柜子里最上边一层。这时候我想起了一个好主意。

"你们知道,我们应该做什么吗?"我对布丽达和安娜说,"我们把阿格达的旧假牙放到智者珍宝盒里。如果三颗小破牙都能产生神奇的力量,那么一副完整的牙套为什么不能产生呢?"

布丽达和安娜对我的建议很满意。布丽达说,这比偷智者珍宝盒好多了。"因为男孩子们想出这种蠢事的时候,人们应该告诉他们,人们不会拿它当回事。"她说,"女孩子们可不能什么蠢事都参与。"她说。

好吧,我们把阿格达的假牙放进烟盒里,再把烟盒放回原处,然后我们出去找男孩子们。他们在马路上玩石头球。我们坐在路边看。

"哎呀,智者大晚上的玩石头球。"布丽达说。

他们没有回答。拉赛手里拿着很多石头球,我说:

"我觉得智者珍宝盒里放上石头球大概不错。"

他们没有回答,但是拉赛叹了一口气。听那声音,他似乎认为这些不忠实者比平时还要愚蠢。

"哎呀,你们大概可以给我们讲一讲智者珍宝盒的事。"安娜一边说一边从侧面推了拉赛一下。

这时候拉赛说,他们不可能讲给姑娘们听。智者珍宝盒充满神奇的力量,用它可以创造奇迹。他说,珍宝盒放在一个秘密的地方,我们永远都不会知道在什么地方,永远,永远。只有拥有珍宝盒的神秘兄弟会才知道在什么地方。拉赛说,不然神奇的力量就消失了。

"神秘兄弟会,就是你、布赛和乌勒吧?"布丽达问。

拉赛沉默不语,一副神秘的样子。但是布丽达、安娜和我使劲笑起来。

"我觉得,她们因为不知道我们把烟盒……智者珍宝盒放在什么地方真要气死了。"布赛说。

"你们肯定放在衣帽间里。"布丽达狡猾地说。

"真不错,我们没放在那里。"布赛说。

"是吗,那你们就一定放在阁楼里的一块松动的地板下了。"安娜说。

"真不错,我们没放在那里。"布赛、拉赛和乌勒异口同声说。但是,哎呀,他们样子显得很不安!他们立即不玩石头球了。

"走,我们去看一下你的鸟蛋,布赛。"拉赛说。

去看布赛的鸟蛋——他们以为能骗我们!我们很清楚,他们是去抢救智者珍宝盒。

"我的鸟蛋,唉,你们不是已经看过很多次了吗?"脑子有时候有点儿迟钝的布赛说。但是拉赛生气地看了他一眼,这时候布赛总算明白了。

"好,没问题,我们当然可以去看我的鸟蛋。"他说,并露出诡秘的神情。

男孩子们就这样走了——慢慢地——怕引起我们怀疑。但是我们却马上行动。我们跑到乌勒妈妈跟前,说我们要到乌勒的房间取一样东西。我们迅速跑上楼梯,从椴树上爬到拉赛和布赛的房间里,再跑到阁楼,最后藏在衣服后边。男孩子们咚咚地走上楼梯时,我们刚刚藏好。

"你们认为,安娜说阁楼地板那句话是什么意思?"布赛说。

"哎呀,"拉赛说,"她只是瞎猜。不过为了万无一失,我们最好把智者珍宝盒转移到另外一个地方。"

这时候拉赛掀开那块地板,但是因为男孩子们站在那里挡住视线,我们什么也看不清楚。

"请打开,让我看一看我的牙齿。"乌勒说。

"我想看我的。"布赛说。

"智者,"拉赛说,"珍宝盒里藏的东西永远不让不忠实者看。只能我们看。"

突然沉默了。我们知道,拉赛已经打开盖子。他肯定看到了阿格达的假牙,因为我们听到一声吼叫。我们从衣服后边跑出来大笑,我说:

"现在你们大概获得了神奇的力量,足够用一整年的吧。"

这时候拉赛把阿格达的假牙扔在地板上,并且说,小妞们真该死,因为她们把一切都给弄坏了。

安娜说:

"亲爱的拉赛,快用烟盒创造奇迹吧!"

"你们找打,是不是?"拉赛说。

随后拉赛、布赛和乌勒把自己的牙都扔了,我们大家一起出去玩棒球。

拉赛捕捉野牛

有两件事我特别嫉妒布丽达和安娜。第一件是爷爷。爷爷说,因为吵闹村只有我们几个孩子,所以他完全可以做我们大家的爷爷。但是这时候安娜说:

"对,可能是这样。但是正正确确地说,你只是我的爷爷,当然也是布丽达的!"

当我们在爷爷那里给他读报的时候,总是安娜坐在他的膝盖上,而爷爷总是叫她"小朋友"。我不明白,他眼睛看不见,他怎么会区分出安娜和我们其他人呢?但是他能。尽管安娜不像圣经故事中的以扫那样浑身是毛。一个孩子浑身是毛,另一个孩子没有,对以扫的爸爸来说,区分孩子不需要多少技巧。但是我认为,爷爷确实能干——因为安娜的头发一点儿也不厚。

不过爷爷对我们大家都很好,他叫安娜小朋友也没多大关系。

但是布丽达和安娜还有自己的湖。这是我嫉妒她们的第二件事。只要穿过她们家的奶牛牧场，就能到达北院湖。夏天的时候我们在那里游泳，细沙湖岸非常漂亮。有一次我们吵架了，安娜说，不准我在她们家的湖里游泳了。

但是这时候安娜的妈妈说，我想游就可以游，她说这是法律规定的。其实不管我们怎么不和好，安娜也不会阻止我在北院湖里游泳。顺便说一句，我们总是很快就和好。

湖的对面不是沙岸，那里是高山。至少我认为它们很高。不过拉赛说，和北美的洛基山相比，它不算什么。我们经常假装洛基山位于湖的对岸。有时候我们乘北院的小船到那里去。

拉赛说，很久以前一定有一个巨人，把自己周围的峭壁和大石头都扔到洛基山脉去了。当时还没有人类，也没有吵闹村。我很庆幸我没有生活在那个时代。啊，多幸运呀，有人想出建立吵闹村的主意，不然的话我们还没地方住呢。拉赛说，那样的话我们就住到洛基山的山洞里去，几块特别大特别大的石块底下有一个非常好的山洞。

我们到达湖的对岸时，总是把船拴在一棵松树上，然后我们就去爬山。但不是什么地方都可以爬，我们有特别的地点，我们知道我们可以从哪里爬。这是很必要的，爬山可不容易。那里有一个山缝儿，我们叫它"碰鼻子"。因为它特别窄，我们穿过那里时，几乎每一次都要碰鼻子。但是我们必须要经过

那里,它是唯一的通道。然后再过一个高耸的哨壁,我们要沿着很窄的边儿走过去,我们管这个哨壁叫"断鼻子"。因为拉赛说,有一次布赛掉下去了,摔断了鼻子。布赛说,他当然没有摔断鼻子,对,他是掉下去了,几乎摔断胳膊,拉赛说他摔断鼻子是找挨打。但不管怎么说,那个哨壁还是叫"断鼻子"。最危险的地方叫"死人手"。拉赛说,如果有人掉到那里,他就死定了。当人们通过了所有这些危险的地方以后,就来到了最高的那座山。如果再往森林里走一段路,就到了一个山洞。我们管这个山洞叫"巨响洞"。

今年春天,那是我们放假前的一个星期天,我们到洛基山去玩儿。我们带着食品袋,跟家里人说,我们要在外边待一整天。

拉赛像通常一样把小船拴在那棵松树上,然后我们开始爬山。我们讨论干什么最有意思,是爬山,或是爬树。我们大家都认为,爬山可能更有意思一点儿。我们找了一块新地方,给它起名叫"收腹"。就因为我们经过它时,必须要收紧肚子。啊,这个地方也不是什么新地方。我们过去经过"收腹"很多次,不过我们当时不知道叫它"收腹"。

当我们要通过"死人手"的时候,我身上直发冷,因为太紧张了。妈妈肯定没到过"死人手",如果她看到了,肯定不会让我们来洛基山。拉赛看着万丈深渊说:

"所有想掉下去的人,都伸着一只手或者一只脚!"

不过我们没有办法伸手或者伸脚,因为我们要用手和脚抓住山墙。我们当中没有人掉下去。我们很快就到了"巨响洞"。

"巨响洞"旁边的森林里,有一块美丽的草地。我们把吃的东西掏出来,摆在那里。远足的时候,饿得特别快。我们大家都觉得最好赶紧吃饭。我们带了很多涂着果酱的小饼,我想可能有100个。还有牛奶、果汁、三明治和饼干。乌勒带了血豆腐硬面包,一共6个,他的用意是每人一个。但是当我们有那么多小饼的时候,没有人想吃凉血豆腐硬面包。安娜和布丽达带了一种面包圈,这是她们的妈妈烤的,特别好吃。我们每个人都吃了。最后剩下一个,布赛特别想吃,因为他特别喜欢吃面包圈。

乌勒对没有人吃他带来的血豆腐硬面包有点儿生气。布丽达很同情他,所以她说:

"你可以吃这个面包圈,布赛。不过你必须先把乌勒的血豆腐硬面包都吃下去。"

布赛已经相当饱了,但是他还是吃起来,因为他想要那个面包圈。第一个硬面包他转眼就吃下去了,第二个他也硬塞了下去,只是速度慢了一些。当他吃第三个的时候,他叹了口气,但是布丽达拿着那个面包圈在他鼻子前面晃,他把第三个也吃下去了。他开始吃第四个。他咬着第四个面包圈说:

"第是个,要进去了!"

"你这个笨蛋,"拉赛说,"不是第'是'个,是第'四'个。"

"我太饱了,我都不知道我自己叫什么了。"布赛说。

安娜用一条腿围着布赛跳,并喊叫:

一、二、三,
第四动手干,
第五是关键,
第六"啪"的一声就办完。

"我相信,我的肚子随时都有可能'啪'的一声炸开。"布赛说,他不想再吃硬面包。

"不吃你也可以得到这个面包圈。"布丽达说。

但是布赛说,他这辈子再也不想吃面包圈,再也不想吃血豆腐硬面包了。

然后我们钻进山洞。拉赛说,在石器时代这里可能住过

人。哎呀，他们真可怜，冬天会有多冷啊！石头块之间有很大的缝儿，雪都能刮进来。

布丽达想出一个游戏，我们假装是石器时代的人。拉赛认为这个主意很好。他说，他、布赛和乌勒出去捕捉野牛和驯化它们。布丽达、安娜和我留在山洞里热饭。真是不公平！只要我们做游戏，男孩子们总是做开心的事，而我们，我们总是做热饭这类事情。但是布丽达说，我们可以采一些树枝，把山洞打扫一下，在石头缝儿上插一些漂亮的桦树枝，使洞里温馨一些。

拉赛说：

"随你们的便，做傻事也行！走，小伙子们，我们到外边去捕捉野牛！"

但是布赛让硬面包撑坏了，他说他没有力气捕捉野牛了。

"那好，你就待在山洞里，打女人和孩子，"拉赛说，"总而言之，你要找一些事情做。"

"他尽量去做吧。"布丽达说。

但是布赛，他吃得太饱了，他躺在山洞外面的草地上，一直没起来，而拉赛和乌勒在外边捕捉野牛，我们打扫山洞。后来拉赛和乌勒回来了，发出极为可怕的叫声，"目的是让你们听到，捕猎发出的吵闹声。"拉赛说。我平时听到过很多次拉赛发出的噪声，但都无法与这次相比。拉赛说，这是一种原始

的吼叫。在石器时代，人们捕捉野牛时就这样叫。他大肆吹嘘捕捉野牛有多么危险，并且说他已经捕捉到一大批。但是我们一头也没看到。

然后外边下起了雨，我们坐在山洞里，觉得特别舒服。天空黑沉沉的，我们觉得那天不会再有好天气。但是突然太阳从一片乌云后边爬出来。我们走出山洞，站在外边看着湖。这时候我们看到，位于北院湖中心的那个岛特别美。太阳照在我们平时在那里游泳的石壁滩。拉赛说：

"我们划船到那里游泳怎么样？"

就在两天前，我们曾经问过妈妈，我们是不是很快就可以游泳了，当时妈妈说：

"不行，还是太早。你们再等一等吧！"

"不，现在我们已经等过了。"拉赛说。

就这样我们划船到了湖心岛。我们在石壁滩上脱掉衣服，争着第一个跳下水。布赛第一个跳下去，因为他肚子里的硬面包可能已经下去一些了。

但是湖水凉得要命，我们又都从水里爬上来了。爬上来以后我们第一个看到的，就是北院那只凶猛的公羊。它长着弯曲的大犄角，样子特别可怕。北院的大公羊不能和其他的绵羊一起在牧场上放牧，因为它会跳过一切围栏，看见什么顶什么。春天的时候，它只能单独待在湖心岛上。把它弄到那里非常麻

烦。埃里克叔叔、爸爸和尼尔斯叔叔一齐动手,用绳子把它所有的腿捆起来,放到北院的船上,再由埃里克叔叔划船把它送到湖心岛,最后把它放到那里。当我们从水中爬上来,看见那只大公羊站在岸上瞪着我们时,我们大吃一惊。因为我们已经忘了它在岛上,大公羊叫乌尔里克。

"啊,我的天呀,"安娜喊叫着,"我怎么没想起来乌尔里克呀!"

我相信,乌尔里克肯定很生气,当时它被捆上,被装在船上,它的妻子们和小羊羔都站在旁边看着。可能是因为这个原因才特别愤怒,一个人孤零零地待在岛上肯定枯燥无味。

此时它比平时更加愤怒。他低着头,朝我们冲过来,用犄

角四处顶。乌勒被顶了一下,他倒在地上。但是他很快爬起来,拼命逃跑。我们大家都四处逃命。布赛、安娜和布丽达爬到一块石头上,乌勒和我爬到一棵树上,拉赛躲到一片树丛后面。

我使劲对拉赛喊:

"你不是特别能捕捉野牛吗!你现在有了一头——至少相似的牛。我们想看一看你怎么样捕捉它。"

安娜和布丽达高声喊:

"对,现在来了一头野牛,拉赛,快把它捉住!"

但是拉赛站在树丛后面不敢回答,因为他一说话,乌尔里克就能听出他在什么地方。

乌尔里克因为顶不到我们特别生气。它站在乌勒和我待的那棵树下,顶得树皮乱飞,但是不起作用。它又走到布赛、布丽达和安娜站的那块大石头旁边。它趴在下边,使劲瞪着他们。

"愿意瞪你就瞪吧。"布丽达说。

但是最后我们开始想,我们怎么样才能离开这里呢。看样子乌尔里克不想放过我们。

"要是有一个硬面包就好了。"布赛说。

剩下的硬面包我们放在山洞里了,走的时候忘记拿了。现在,当布赛提起硬面包的时候,我们大家都感到肚子饿了。

"你在树丛后边睡着了吧?"乌勒高声对拉赛说。这时候拉赛伸出头,朝四周看了看。他想偷偷地跑到布赛、安娜和布丽达待的那块石头上,但是糟糕,他没跑成。乌尔里克看见他了,它高兴得跳了起来。它朝拉赛冲过去。拉赛使劲跑,我们使劲叫。拉赛围着杜松树丛跑,乌尔里克穷追不舍,那景象太可怕了。

"快跑,拉赛,快跑!"安娜喊叫着。

"我是在快跑。"拉赛高声说。

有一次乌尔里克把拉赛顶倒了,这时候我们大家一齐喊叫,听起来就像原始吼叫。乌尔里克确实被吓了一跳。拉赛趁机爬起来,继续跑。乌尔里克后边紧追,我们喊叫得更厉害了。但是不起作用。

岛上有一个旧牧草房,房顶已经坏了,也不能再用了。门开着,拉赛跑了进去,乌尔里克也跟了进去。这时候我一边哭一边说:

"啊,这回乌尔里克要在牧草房里顶死拉赛了。"

但是我们突然看到,拉赛从破房顶爬了出来。他跳到地上,快速跑过去,把乌尔里克关在门里,并且说:

"野牛被捉住了。"

这时候我们总算敢下来了。我们大家爬上房去,从那个破房顶看乌尔里克。布赛朝乌尔里克啐着吐沫说:

"呸,你这个丑公羊!"

我说:

"但愿彭杜斯不会变成这样一头凶猛的老公羊!"

后来我们想回家了。拉赛说,你们大家先上船,他自己去给乌尔里克开门,在乌尔里克还没明白是怎么回事时,再迅速

跳到船上。因为拉赛说，尽管乌尔里克是一只既凶猛又愚蠢的坏公羊，也不能把它关在房子里饿死。

我们照拉赛说的做了，我们一向这样。

当我们驶离湖心岛的时候，乌尔里克站在岸上，那样子好像对我们的离去很伤心。

"如果你们想捕捉更多的野牛的话，只管对我说好了。"拉赛神气十足地说。

不过那天我们不想捕捉更多的野牛。我们又累又饿，只想快点回家。

"我一定要问妈妈，她还有没有血面包干。"布赛说。

吵闹村的仲夏节

可能安娜说得对,最有意思的是夏天。不过我喜欢上学,所以当女教师在放假那天对我们说再见的时候,我几乎要哭了,因为我知道,我会很长时间看不见她。不过我很快就把这事忘了,不管怎么说暑假还是很有意思的。

放暑假后的第一天晚上,我们通常是到北院湖去钓鱼。几乎没有任何事情比钓鱼更有夏天的气氛。我们每个人都做了渔竿,其实渔竿就是长榛树枝做的。我们有真的渔线、鱼漂、鱼坠和鱼钩,都是我们从大庄村商店买来的。

拉赛把我们放假那天晚上称作伟大的垂钓者之夜。湖边有一个很小的山坡,我们经常坐在那里钓鱼。山坡叫鲈鱼山。安娜说,所以叫这个名字,就是坐在那里从来钓不到鲈鱼。她说,我们唯一的收获是身上被蚊子咬了很多包。不过最后这次布赛还是钓到一条大鲈鱼,布丽达钓到两条小石斑鱼。

安娜和我随后坐在我们家厨房的台阶上数被蚊子咬的包。

我右腿上有 14 个，左腿上有 5 个，安娜每条腿有 9 个。

"这真可以成为一道算术题了。"安娜说，"我们把它写在一张纸上送给女教师。如果丽莎一条腿上被蚊子咬了 14 个包，另一条腿上 5 个包，而安娜每一条腿有 9 个包，谁被咬的包多？她们一共被咬了多少个包？"

不过我们突然想起来了，我们放暑假了，放假还做算术题真有点儿傻。我们不停地挠被蚊子咬的包，还挺好玩，直到去睡觉。啊，过暑假真好！

现在我要讲一讲，我们过仲夏节做的事情。这时候我们在南院的草地上竖起一根仲夏节花环柱。吵闹村所有的孩子都参与。我们首先坐着我

们家运牧草的车到森林里去采集装饰仲夏节花环柱的树叶。爸爸赶车,连夏士婷都跟着去了。她笑个不停,非常开心。她手里拿着乌勒给她的一个小树枝,不停地摇来摇去。乌勒给她唱那首古老的歌谣:

  夏士婷坐着一辆
  小小的金马车,
  手里摇着一把小小的金鞭子,
  她向遇到的很多人问候。

另外我们大家也都唱了。阿格达也跟着我们去采集树叶,她唱:

  此时到了夏天,
  此时太阳升起,
  此时鲜花盛开树叶绿。

可是拉赛却这样唱:

  此时到了夏天,
  此时太阳升起,

此时牧场里到处是牛粪。

他唱的还是有一定道理，牧场里确实有很多牛粪，但是不需要直接唱出来。

我们从森林里回来以后，阿格达、布丽达、安娜和我到我们家木柴屋后边采来长在那里的很多丁香花。然后我们带着它们去南院的草地。奥斯卡尔和卡莱已经在那里把花环柱刨好，卡莱是北院的长工。我们用树叶装饰柱子，还拴上两个丁香大花环。然后我们竖起花环柱，围着它跳舞。埃里克叔叔，即安娜的爸爸，手风琴拉得很不错。他拉了很多首好听的曲子，我们大家跟着跳舞，只有爷爷和夏士婷没跳。爷爷坐在椅子上听。一开始夏士婷坐在他膝盖上，但是她不停地揪爷爷的胡子，所以她爸爸走过来，把她放在自己的肩上。这样夏士婷也算参加跳舞了。但是爷爷很可怜，他不能跳舞。不过我觉得他没有因此伤心。他只是说：

"哈哈呀呀,过去人们都不围着仲夏节花环柱跳舞!"

然后我们大家坐在草地上喝咖啡,咖啡是妈妈、格列达阿姨和丽莎阿姨煮的。我们还吃了小蛋糕和甜饼。爷爷他喝了三杯咖啡,因为他特别喜欢喝咖啡。

"啊,咖啡我一定得喝。"爷爷说。

我一点儿也不喜欢喝咖啡,但是在仲夏节的绿草地上喝,味道好像比平时要好很多。

我们喝咖啡的时候,树林里有一只鸟叫得很起劲。布赛说那是一只黑画眉。我特别喜欢黑画眉。

我们还做游戏,有"最后一对出局"等等。爸爸、妈妈们参加做游戏特别有意思。啊,如果他们每天都参加可能就不那么有意思了。不过今天是仲夏节,我觉得他们可以参加。我们做游戏的时候,小狗斯维普围着我们一边跑一边叫。我想,它可能也觉得有意思。

那天晚上我们愿意玩多长时间就玩多长时间。阿格达说,如果有人在睡觉之前爬9段围墙,再采9种花放在枕头底下,他在夜里就会做好梦,梦见的人就是跟自己结婚的人。

布丽达、安娜和我觉得爬9段围墙特别有意思,尽管我们已经决定将来跟谁结婚。我要跟乌勒结婚,布丽达和安娜跟拉赛和布赛结婚。

"你一定要爬9段围墙吗?"拉赛对布丽达说,"爬吧,

没关系。如果你梦见的不是我，而是其他人，那我真要谢谢你。我不是迷信，但是也许有点儿用。"

"我们希望如此。"布赛说。

"对，我们确实希望是这样。"乌勒说。

这些男孩子们多愚蠢，他们不愿意跟我们结婚。

阿格达说，爬围墙的时候，必须安静，不能自始至终又说又笑。

"如果不能自始至终说话，"拉赛说，"那你最好睡大觉，丽莎。"

"为什么？"我说。

"啊，因为两分钟内你不可能爬完9段围墙。要超过两分钟你不可能不说话。上次是个例外，因为你得了腮腺炎。"

我们不管男孩子们说什么，还是开始爬。

我们从南院的围墙开始，然后进入后边的落叶森林。啊，天黑的时候，在森林里感觉特别奇怪。还好，不是特别黑，只是有点儿朦胧，不过还行。森林里是那么静，因为鸟儿已经不再吱吱叫。各种树木和野花散发出浓烈的香味儿。我们爬过第一段围墙的时候，每个人都采了自己要的花。

有一件事我总是不明白。人为什么知道不能笑的时候，偏偏会笑得更厉害。我们刚爬过第一段围墙，就开始笑。拉赛、布赛和乌勒跟在我们后边想方设法招我们笑，骗我们笑。

"小心，别踩在牛粪上。"布赛对安娜说。

"这里大概没有牛……"安娜说。但是刚开口她就想起来，不能说话。这时候我们开始偷偷笑，布丽达、安娜和我，男孩子们大笑。

"你们可不能偷偷笑，"拉赛说，"请记住，你们不能笑。"

这时候我们笑得更厉害了。男孩子们自始至终在我们周围跑来跑去，揪我们的头发，捏我们的胳膊，想方设法逗我们笑。我们不能还嘴，因为我们不能说话。

"厄伯利伯贝利莫克。"拉赛说。

其实一点儿都不开心，但是，啊，我们还是笑个不停，布丽达、安娜和我。我把手绢塞进嘴里，但不管用，笑还是蹦出来。当我们最终爬完第9段围墙的时候，我们不笑了，只是生男孩子们的气，因为他们把我们的活动彻底破坏了。

不过我还是把9种鲜花放在我的枕头底下。有一朵毛茛，一朵牛角花，一朵蓬子菜，一朵蓝铃花，一朵雏菊，一枝杏花，一朵半日花和两种我叫不上名字的花。但是我夜里一点儿好梦也没做，只是梦到那三个招我们笑的愚蠢男孩，我敢保证。

不过我可能还是得跟乌勒结婚！

樱 桃 公 司

　　我们吵闹村有很多樱桃树。在我们家院子里和布丽达、安娜家院子里。乌勒家院子里没有，至少没有品种特别好的。但是南院长着一棵"八月熟梨树"，结的梨非常好吃，还有两棵李子树，结的小黄李子特甜。在爷爷的窗子外边长着一棵很大的结白色尖果的樱桃树，我相信它是世界上最大的樱桃树。这棵树叫"爷爷白色尖果樱桃树"，树枝一直垂到地，每年都结满很大的白色尖果樱桃。爷爷说，我们愿意吃多少都行。但是我们不能摘低枝上长的樱桃，爷爷说那是留给夏士婷的。他希望夏士婷也能自己摘樱桃吃。尽管她很小，但也能摘。不过乌勒特别关注她，免得她被樱桃核咽住。我们照爷爷说的去做。我们没有从留给夏士婷的树枝上摘过樱桃，我们能迅速爬到树上去摘。树上有很好的枝和树杈，我们坐在树杈上吃。我们可以敞开肚子吃白色尖果樱桃，吃多长时间都行——直到撑得肚子有点儿痛。每年白色尖果樱桃成熟的季节我们都有点儿肚子

痛。不过等到李子熟的时候，我们的肚子就不痛了。

拉赛、布赛和我都有完全属于我们自己的樱桃树。我的樱桃树不是很大，但是结的小黑樱桃特别好吃。今年结得特别特别多。拉赛和布赛的树上也结了很多。

可以把樱桃晒干，留到冬天再吃。妈妈每年都晒。她把樱桃放在一个筒子里，然后再把筒放进炉子，炉子要保持一定的温度。这时候樱桃变干变皱，保存多长时间都行，冬天的时候可以做水果羹。

树上结了那么多樱桃，实在无法都吃掉，布丽达、安娜和乌勒帮助也吃不完。有一天拉赛也想晒一点儿樱桃，他把满满一铁箅子樱桃放进炉子里，然后他就去游泳，把这件事忘得一干二净。当他想起来的时候，铁箅子上的樱桃已经变成了令人

伤心的黑炭。

"这不是处理樱桃的正确办法。"拉赛说。

有一天晚上我们在爷爷那里给他读报。报上登着,斯德哥尔摩的樱桃每升能卖 2 克朗。拉赛真是眼馋死了,他在斯德哥尔摩要有樱桃树该多好啊。

"那时候我就站在一个街角卖樱桃,会变得跟国王一样富。"他说。

我们计算着,如果我们的树长在斯德哥尔摩,会挣到多少钱。挣的钱太多了,拉赛想到这一点,脸都白了。

"如果我在撒哈拉大沙漠有北院湖,每一升湖水也可以卖 2 克朗。"布丽达说,因为她认为拉赛很愚蠢。

但是我相信,拉赛一宿没睡觉,一直在想一升樱桃能在斯德哥尔摩卖 2 克朗这件事。因为第二天他说,他想在大庄村对面的公路旁边开一家樱桃店。那里有很多来往车辆。

"谁知道呢,说不定也许有疯疯癫癫的斯德哥尔摩人会来。"拉赛说。

布赛和我也说,我们也想卖我们自己的樱桃。我们开一家公司,我们就叫它樱桃公司。布丽达、安娜和乌勒也可以参加,尽管他们自己没有樱桃树,但是他们可以帮助我们摘樱桃。

我们早晨五点钟就起来摘樱桃,八点钟的时候我们就摘了

三大篮子。这时候我们大家吃了粥，免得过一会儿饿。然后我们顺着坡朝大庄村走去。我们走进埃米尔叔叔的商店，买了很多棕色的纸袋，钱是从布赛的储币罐借的。

"买纸袋做什么用？"埃米尔叔叔问。

"我们卖樱桃用。"拉赛说。

我们把樱桃篮子放在外边前廊的台阶上。乌勒在那里看着。

"樱桃好吃呀，"埃米尔叔叔说，"我可以买一点儿吗？"

啊，真不错！拉赛走出去，取回其中一个篮子，埃米尔叔叔拿来一个量具，为自己量了两升，付给我们2克朗。他说这个地区樱桃就是这个价钱，这个信息对我们很重要。

我们把借布赛的钱还给他以后还剩下一些钱。埃米尔叔叔请我们吃糖，当乌勒从门上的玻璃看见时，他立即跑进商店，好像裤子里着火了。但是他拿到糖以后，又很快跑出去了。

我们谢了埃米尔叔叔以后走了。当我们出来的时候看到，乌勒正在捡他不慎洒在草地上的樱桃。

"你在做什么。"拉赛生气地说。

"我想把……你的樱桃弄干净一点儿。"乌勒说，听声音他有些害怕。

不过没什么，他只是洒出来几个。

汽车路离大庄村不是很远。秋冬季节那里没有多少小汽

车,几乎都是运货的卡车。但是夏天的时候,这条路上有很多小汽车,人们想来这里看风景。

"如果他们把汽车开得这么疯狂,他们什么也看不见。"当第一辆汽车飞速而过的时候拉赛说。

我们已经制作了一个广告牌,上面写着"樱桃",有汽车开过时,我们就把它举起来。但是所有的汽车都开过去了。拉赛说,坐在汽车里的人很可能认为,牌子上写着"小心开车"之类的话,所以他们尽快地开过去。但是布赛,他认为汽车飞速开过去很不错,他几乎忘了卖樱桃的事。他把眼睛瞪得大大的,仔细看着开过去的每一辆汽车。他知道每一辆车的标牌。他坐在路边,假装自己正在开一辆小汽车,嘴里还发出发动机的响声。突然他说,发动机肯定出了毛病,因为发动机的声音

异常。

"算了吧,一点儿也不像发动机的声音。那只是布赛的声音。"布丽达说。

拉赛对所有的汽车都不停下感到很生气,他说:

"我要教训教训他们,我!"

当下一辆小汽车开过来时,他跳到马路中间,举着广告牌,在最后一刹那他跳到旁边,躲过了汽车。汽车可怕地叫了一声停下了,一个汉子从汽车里跳出来,拧住拉赛的胳膊,并且说,他应该挨顿打,以示警告。

"下次再不能这样做了。"他说。

拉赛做了保证。啊,这个汉子还从我们这里买了一升樱桃,然后继续赶路。

马路上尘土飞扬。我们用纸把樱桃盖起来,这很明智。但是我们无处躲藏,当汽车开过去时,后边飞起厚厚的土,然后都落在我们身上,真不舒服。我说:

"哎呀,多大的尘土!"

但是拉赛问我为什么这么说。

"为什么你不说,啊,'多明媚的阳光'或者'啊,鸟儿唱得多好听'?"拉赛问,"谁决定的,人必须喜欢阳光明媚,而不喜欢尘土飞扬?现在我们决定,我们喜欢尘土飞扬。"下一辆汽车开过来时,尘土把我们罩住了。我们彼此看不见,这时

候拉赛说：

"今天的灰尘多美好！"

布丽达说：

"对，这条路上扬起的灰尘真好——好极了！"

布赛说：

"要能再多扬起一点儿会更好。"

不需要多长时间就能满足他的愿望。这时候飞速来了一辆大卡车，卡车后边扬起很多灰尘，我真不敢相信。"跟以色列儿童在沙漠中遇到的沙暴一模一样。"我想。安娜站在最浓的灰尘当中，她向空中伸着双臂说：

"多么美妙、多么美妙的灰尘！"

但是随后她就咳嗽起来，再也说不出话来。当灰尘小了一点儿以后，我们互相看了看，我们都成了不折不扣的大土人。布丽达擤鼻涕，她给我们看手绢，手绢上都是她擤出来的灰。这时候我们大家一起擤鼻涕，每一个人擤出来的都是黑鼻涕。乌勒没带手绢，他往布赛的手绢上擤。但是布丽达说，要想知道乌勒擤出的鼻涕有多黑不容易，因为布赛的手绢开始就很黑。

"回家歇着吧，你。"布赛说。

尽管扬起的灰尘很美好，我们对于没有汽车停下仍然感到很伤心。但是最后拉赛认识到，我们在路上站的位置很愚蠢。

正好在一段直道的旁边，汽车经过时速度都很快。"我们搬到一个弯道附近去。"他说，我们搬了。那段路接连有两个大弯，我们站得稍微远一些。我们沿着路边站成一行，手挽手，有汽车来的时候，我们上下挥动手臂。

"一定会有成果。"拉赛说。

还真有成果。几乎每一辆小汽车都停下。第一辆停下的汽车里，有爸爸、妈妈和四个孩子，四个孩子都喊，他们想吃樱桃。他们的爸爸买了三升，他们的妈妈说：

"啊，这地方真不错！我们正好又饿又渴！"

他们买的是我的小黑樱桃。那位爸爸说，他们要到很远很远的外国去。真够奇怪的！我的樱桃要到外国去了，而我自己还留在吵闹村。当我把这件事告诉其他人时，拉赛说：

"哎呀，在孩子们到达外国之前，他们早把樱桃吃了，你明白吧。"

但是我说，不管怎么说，我的樱桃还是可以到外国，尽管它们在孩子们的肚子里。

啊，我们卖了很多樱桃！一个叔叔把一篮子樱桃都买了，里边是布赛的樱桃。那位叔叔说，他的夫人准备制作樱桃汁，因为他特别喜欢喝樱桃汁。

"啊，真奇怪，"布赛事后说，他成心想气我，"啊，我的樱桃将变成樱桃汁，而我自己可不能变成樱桃汁！"

最后我们把每一个樱桃都卖了出去。我们的烟盒里有了30克朗。烟盒是我们带来放钱用的。这个智者珍宝盒真正有了用场。30克朗，这可不是小数目！我们每人分了5克朗。尽管布丽达、安娜和乌勒自己没有樱桃，但是他们帮助我们摘和卖。

"你们现在已经没有樱桃了，你们可以尽情地吃我们院子里长的水果。"布丽达说。

"我的李子成熟时，你们可以吃我的李子。"乌勒拿到5克朗时说。

没有人说这次分得不公正。

回家的路上，我们走进大庄村的食品店，每个人都吃了面包，喝了汽水。我们现在有钱买了。剩下的钱，我们存了起来。我的面包上有绿色杏仁糖，好吃极了。

当我们回到家，妈妈看见拉赛、布赛和我时，她合着双手说，她从来没有看到过比这个更脏的樱桃公司。她希望我们赶快到洗衣房洗个澡。恰巧在这个时候安娜跑来说：

"真幸运！桑拿室正生着火！"

北院靠湖边有一个芬兰式桑拿室。我们带着干净衣服，风风火火地穿过牧场跑去。

在桑拿室我们洗去所有的美妙灰尘。我们端着盆比谁洗的水最脏，但是看不出来有什么区别。

然后我们坐在桑拿室尽情发汗，这时候我们讲，我们可能还要逐渐成立一个李子公司。

桑拿室很热，到最后我们热得都要爆炸了。这时候我们跳到湖里去凉快一下。啊，真是舒服极了！我们互相撩水、游泳和潜水。当我们上岸时，我们的头发上已经没有任何美妙的灰尘。我们还在水里擤鼻涕，以便把一切脏东西都除掉。

天气是那么好。我们坐在湖边晒太阳。拉赛说：

"啊，多明媚的阳光！"

这时候乌勒笑着说：

"啊，鸟儿唱得多好听！"

安娜和我将来当保育员——可能吧

有一天大庄村的牧师要举行大型生日宴会,所有吵闹村的人都被邀请。啊,当然不包括孩子。妈妈和爸爸、埃里克叔叔和格列达阿姨、尼尔斯叔叔和丽莎阿姨被邀请。当然也有爷爷。丽莎阿姨很不开心,因为她觉得可能去不了,要照看夏士婷。必须得有人照看夏士婷。这时候安娜和我说,我们可以照看她。因为我们长大了以后,想当保育员,所以尽快地有机会实习实习还是很不错的。

"你们非要拿我的妹妹实习吗?"乌勒说。

他自己很想照看自己的妹妹,但是在他爸爸、妈妈赴宴去的时候,他要给南院的牛挤奶、喂猪和喂鸡。布丽达也想帮助照看夏士婷,但是她患了

重感冒，连话都讲不了，只得卧床。

当丽莎阿姨听说我们想帮助她照看夏士婷的时候，特别高兴。安娜和我更高兴。我捏了安娜的胳膊说：

"难道不是很有意思吗？"

安娜也捏了我的胳膊说：

"希望他们快一点儿走，我们好开始。"

但是参加宴会的人要准备很长时间才离开家。爷爷例外，他早晨6点钟就准备好了，尽管大家要10点钟才出发。他穿上了黑色衣服，最好的衬衣。埃里克叔叔刚套好马车，他就坐到北院的马车上去等，而格列达阿姨才刚开始穿宴会连衣裙。

"爷爷，你不觉得参加宴会很开心吗？"安娜问。

这时候爷爷说，他觉得是。但是我觉得，他可能紧张，而不是开心。因为就在这个时候他突然叹了口气说：

"哈哈呀呀，所有的宴会都不能不参加啊！"

但是埃里克叔叔说，爷爷参加最后一次宴会是在5年前，所以他用不着抱怨参加宴会的事。

丽莎阿姨最后对我们千嘱咐万叮咛。爸爸、埃里克叔叔和尼尔斯叔叔赶着马车出发了。

丽莎阿姨说过了，我们要尽量让夏士婷待在室外，她说夏士婷待在室外很乖。12点钟的时候给她吃饭，要事先热一热。然后把她放在床上让她睡一两个小时午觉。

"啊，一定会很开心。"安娜说。

"对。"我说。我长大了想当保育员，到时候肯定没问题。

"我也是，"安娜说，"照看孩子一点儿也不困难。只要记住对他们说话始终要温柔和友善就行了，那时候孩子们就会很听话，前几天报纸上这么说的。"

"对，当然讲话要温柔和友善，那还用说。"我说。

"不过，你可能不信，确实有人对小孩子使劲喊叫，"安娜说，"但是那些孩子很顽皮，一点儿也不听话。报纸上这么说的，就是这样。"

"谁愿意对这么一点儿的小宝贝高声喊叫呢。"我一边说一边挠夏士婷的脚心。

夏士婷坐在草地上，下边垫一块毯子，她显得很高兴。她是那么甜，夏士婷。她有一个圆圆的小额头，蓝色的眼睛，嘴里上下各有4颗牙。她笑的时候，就露出米粒状的小牙。她还不会说话。她唯一能说的话就是"咳，咳"，她几乎一直都这么说。她可能每次说的意思不一样，是不是这样，不知道。

夏士婷有一辆木头小车，她经常坐在里边。

"我们是不是要把她放在车上，到外边推她玩一玩。"安娜建议说。

好，我们就这样办。

"过来，小夏士婷，"安娜一边说一边把她放在小车里，

"我们到外边玩一玩。"

她说得那么温柔、友善,完全跟大人对小孩子说话时一样。

"好,夏士婷,你现在坐得很好。"她说。

但是夏士婷可不这么认为。她想站在小推车里,一上一下地跳,嘴里不停地说"咳,咳"。但是我们不敢让她这样做。

"我觉得,我们可以把她绑上。"我说。我们拿了一根粗绳子,把她绑在车上。但是当夏士婷不能站,也不能跳和说"咳,咳"的时候,她开始大声喊叫起来,从很远就可以听见。乌勒从畜圈跑了过来,他说:

"你们在做什么?你们在打她吗?"

"我们没打她,你这个笨蛋,"我说,"我们是在温柔、友善地对她讲话,就是这样!"

"那就继续吧,"乌勒说,"她想做什么,就让她做什么,这样她就不哭了。"

啊,乌勒还真知道怎么样照看他的小妹妹,我们让夏士婷站在小车里,让她说"咳,咳",愿意干什么就干什么。我拉着小车,安娜在旁边跑来跑去,每次夏士婷要摔倒时,安娜扶住她。就这样我们来到一个深水渠旁,当夏士婷看见水时,她从车里爬出来了。

"我们看看,她想干什么。"安娜说。

我们看了大吃一惊！小孩子有些方面特别奇怪。人们以为，他们的小腿不可能快跑，但是错了。如果需要，一个小孩子能比家兔跑得还快，起码夏士婷如此。她"咳，咳"地说着，我们还没来得及眨眼，她就走到水渠里。她绊倒了，头浸到水里。乌勒刚才确实说过，她愿意做什么，就让她做什么，她可能想躺在水渠里，但是我们想，最好还是把她拉上来。她浑身湿透，高声喊叫着，愤怒地看着我们，好像她掉进水里是我们的错。但是我们温柔、友善地跟她说话，把她放进小车里，拉车回家，以便给她换上干衣服。她自始至终喊叫着。当乌勒看见夏士婷的样子时，他生气了。

"你们在干什么?"他高声说，"你们要把她淹死吗?"

这时候安娜说，他应该温柔、友善地跟我们说话，因为我们也是孩子，尽管已经是大孩子。

但是夏士婷走过去，抱住乌勒的大腿，喊叫着诉委屈，安娜和我感到，好像我们真要淹死她。

乌勒帮助我们给夏士婷找出新衣服，但是他必须重新回到畜圈去。

"她还没穿衣服，先让她坐尿盆。"他走之前说。我不知道他自己让没让夏士婷坐过尿盆。要是能看到他怎么样做就好了。安娜和我使出全身的力气把夏士婷按在尿盆上，但是白费力。她硬得像一根棍儿，大喊大叫，就是不坐下。

"愚蠢的孩子"，我开始生气，但是我很快想起来，不能这样对小孩子说话。

因为夏士婷不愿意坐尿盆，没有别的办法，只得给她穿上干净衣服。我抓住她的胳膊，安娜给她穿。她自始至终喊叫着，像泥鳅一样蹿来蹿去，我们整整花了半个小时，才把她的衣服穿好。我们累坏了，随后坐在椅子上。但是夏士婷不再喊叫，她嘴里说着"咳，咳"，在餐桌底下爬，并在那里尿了一

个水坑。然后她站起来，拽掉油漆桌布，几个咖啡杯掉在地上摔碎了。

"讨厌的孩子。"安娜尽量用温柔、友善的口气说。她拖干净地上的尿，收起杯子碎片，我脱掉夏士婷的湿裤子。在我给夏士婷找一条干净裤子时，她借机爬到门外。在我们抓住她时，她已经朝畜圈爬了一半路。这时候乌勒正好把头从畜圈的窗子伸出来。

"你们怎么这样笨？"他高声说，"怎么会让夏士婷不穿裤子就出来？"

"哎呀，我们没让她不穿裤子，"安娜说，"她没有问我们，如果你想知道是怎么回事的话！"

我们把夏士婷拉回来，给她穿上裤子，但是她使劲地东跑西跑，自始至终叫个不停。

"你……真……乖……好……好……站……着。"安娜说。她说的近似温柔、友善，但不完全是。

夏士婷穿着最漂亮的连衣裙，因为乌勒找不出其他的衣服。连衣裙是白色的，还带有漂亮的小皱边，真让人喜欢。

"你一定要小心，别弄脏了连衣裙。"我对夏士婷说，尽管她不明白我的意思。这一点看得出来。我的意思是，她不明白我说的话。

"咳，咳。"她一边说一边跑到炉子边上，在连衣裙的正

中弄了一个大黑点儿。我们用刷子使劲往下刷,但效果不佳。当我们刷她的时候,她满意地笑了。她肯定认为,我们在逗她玩。

"12点了,"安娜这时候说。"夏士婷现在该吃饭了。"

我们赶紧把锅放在炉子上热菠菜。我把夏士婷放在膝盖上,安娜喂她。她嘴张得很大,吃得很香,安娜说:

"她确实是一个非常听话的小家伙。"

这时候夏士婷说着"咳,咳",一推勺子,所有的菠菜都洒到我眼睛上。

安娜大笑起来,差点儿把整个盘子掉在地上。这时候我真的有点儿生她的气了。夏士婷也笑起来,但是她不知道,安娜

为什么笑。因为我相信，夏士婷认为，这是很自然的事，人的眼睛之间一定要有菠菜。

突然她不想再吃了。这时候她闭着嘴，一次又一次地推勺子，有多一半的菠菜都弄到她的连衣裙上。我们给她一杯果汁喝，结果有一半也洒到她的连衣裙上。连衣裙不再是白色的，而变成了绿色的、红色的，只有个别地方有一点儿白色的，那里没有被她弄上菠菜汁或果汁。

"有一件事我感到特别高兴，"安娜说，"就是这个小家伙现在要睡午觉了。"

"啊，这件事也让我感到高兴。"我说。

我们又赶紧把夏士婷的衣服都脱了，给她换上睡衣。当我们把一切都安顿好的时候，我们不安起来。

"如果说谁需要午睡的话，那就是我们。"我对安娜说。

我们把夏士婷放在厨房旁边屋里的床上，我们走出来，关上门。这时候夏士婷开始拼命大声哭叫。我们尽量装作什么也没听见，但是她哭叫得越来越厉害，最后安娜把头伸到屋里，对她说：

"安静点儿，你这个讨厌的孩子！"

对小孩讲话当然应该温柔友善，但有的时候很难做到。尽管报纸上说过，对小孩子大喊大叫会使小孩子变得顽皮。起码夏士婷是这样，她比刚才哭叫得更厉害。这时候我们两个人都

走进去。她立即高兴起来,站在床上又蹦又跳,嘴里还说着"咳,咳"。在我们待在她身边的时候,她一直这样。她把小手从床的护栏里伸出来抚摩我,把脸颊靠在我的脸颊上。

"她还是很可爱。"我说。

这时候夏士婷咬我的脸颊,结果留下一个很深的印,两天以后还看得出来。

我们把她放在床上,给她盖上毯子。但是她立即蹬掉。当她第10次蹬掉的时候,我们就不再管她了。我们只是对她说"睡个好觉,夏士婷",语调很温柔、友善,然后我们走出去,关上门。她立即大声哭叫起来。

"啊,我们已经尽心了,"安娜说,"让她哭叫吧!"

我们坐在餐桌旁边,想说一说话。但是无法做到。因为夏

士婷哭叫得越来越厉害。听到她哭叫,我们浑身直冒汗。有时候停一两秒钟,但这只是为下一轮哭叫做准备。

"她可能什么地方疼吧。"我最后说。

"啊,可能,她是不是肚子疼,"安娜说,"可能是盲肠或者别的什么地方。"

我们跑到夏士婷身边。她站在床上,眼睛里含着泪水,但是她一看到我们,马上说起"咳,咳",并开始蹦呀、跳呀、笑呀。

"这孩子不是肚子疼,其他地方也不疼,"安娜说,"我们走吧!"

我们又把她关在里面,重新坐在厨房的餐桌旁边,一边听夏士婷哭叫,一边冒汗。她哭叫得越来越厉害,但是最后还是静下来。

"啊,真好,"我说,"现在她总算睡着了。"

安娜和我拿出乌勒的"摆筹码"棋玩,玩得很开心。

"如果小孩子躺在床上,起码知道他们在什么地方。"安娜说。

就在这个时候,我们听到房间里传出一种奇怪的声音,听起来好像是一种愉快的咿呀声,小孩子玩什么东西高兴时就发出这样的声音。

"啊,可能坏事了,"我说,"那小家伙可能还没睡。"

我们悄悄地走过去,小心翼翼地从钥匙孔往里看。我们看到夏士婷的床,但床上没有夏士婷,床是空的。我们赶紧冲进厨房旁边的房子。请你猜一猜夏士婷在哪儿?她正坐在开口的炉灶上,炉灶刚用大白刷过,很漂亮,特别适合夏天用。我的意思是,它曾经很漂亮,在夏士婷没到那里去之前。但是现在它可不那么漂亮。夏士婷坐在炉子当中,手里拿一盒鞋油。她从头到脚都给自己抹上黑鞋油,只有个别地方还有一点儿白色。她头发上有鞋油,整个脸上有鞋油,手上有鞋油,睡衣上有鞋油,她的脚趾跟黑人的脚趾完全一样。整个开口炉灶上都涂满了鞋油。很可能是尼尔斯叔叔在赴宴之前,曾经站在炉灶附近擦皮鞋,擦完没有盖好盖儿。

"咳,咳。"当夏士婷看见我们时说。

"报纸上说了没有,能不能打孩子?"我说。

"我记不得,"安娜说,"我的脑子已经很累了。"

这时候夏士婷在炉灶里站起来,想过来抚摩安娜,但是安娜用最严厉的声音说:

"你能不能好好站着,你这个捣蛋鬼!"

但是夏士婷不想。她径直地跑过去,抚摩安娜,尽管安娜不愿意。安娜整个脸都被抹上了鞋油。这时候我大笑起来,就像安娜看见我眼睛弄上菠菜时笑的那样。

"丽莎阿姨可能以为,我们把夏士婷换成一个黑人孩子

了。"我笑完以后说。

我们不知道,怎么样才能弄掉鞋油,我们决定去问布丽达。身上已经很脏的安娜留下来,让夏士婷在炉灶旁边别动,我跑着去问。

当我把夏士婷做的事情告诉布丽达时,她说:

"好啊,你们是优秀的保育员!"

然后她擤了一下鼻涕,脸对着墙说,她病了,她不知道怎么样才能去掉鞋油。

但是在此期间,乌勒从畜圈回来了,当他看见夏士婷的时候,他简直气疯了。

"你们疯了吧?"他高声说,"你们怎么把她给涂黑了?"

我们竭力向他解释,这不是我们的错。但是乌勒很生气,他说,法律上禁止像我们这样的人当保育员,但无论如何我们应该找别的孩子进行实习。

不过这时候我们三人一起动手,烧了一锅温水,我们把锅搬到外边草地上,把夏士婷领到那里。当她走过地板时,后边留下一行小小的黑脚印。我们把她放到锅里,从头到脚给她洗。我们还给她洗头发,当我们不小心把一点儿肥皂水弄到她的眼睛里时,她喊叫起来,整个吵闹村都能听到,拉赛和布赛跑过来问我们是不是在杀猪。

"不,"乌勒说,"仅仅是两位优秀的保育员在实习。"

要把鞋油全部弄掉是不可能的。当我们给夏士婷洗完,擦干净以后,她全身有了一种奇怪的灰色。但是她很高兴。她光着身体在草坪上跑来跑去,喊着"咳,咳"。她笑的时候,我们能看到她嘴里米粒似的牙齿。乌勒说:

"她是一个多么可爱的孩子!"

我们相信,她身上的灰颜色会逐渐去掉,里边那红色的孩子一定会显露出来。拉赛认为,圣诞节前后吧。

随后乌勒把夏士婷放在床上。她什么也没说,只是把大拇指放进嘴里,转眼间就睡着了。

"你们应该这样照看孩子。"乌勒说。随后他就去喂猪了。

安娜和我坐在厨房前的台阶上休息。

"丽莎阿姨多可怜呀,她每天都要这样。"我说。

"你知道我在想什么?"安娜说,"我在想报纸上说的东西都是骗人的。因为不管你怎么样对小孩子讲话,结果都是一样的。不管你温柔、友善地对他们讲话,还是大声喊叫,他们还是想干什么就干什么。"

后来我们很长时间没说话。

"安娜,你长大了还当保育员吗?"最后我问。

"可能。"安娜说。然后她就若有所思地看着远处的牧场围栏,并且说:

"其实我也不知道……"

# 捉小龙虾

在森林的远处有一个湖,叫屋脊湖。屋脊湖里不能游泳,因为湖底有很多污泥。但是可以在那里捕捉淡水小龙虾。啊,那里的小龙虾可多啦!拉赛说,全瑞典也没有一个湖泊像屋脊湖那样,有那么多的小龙虾。

有时候安娜对我说:

"哈哈,北院湖是属于我自己的湖!你多可怜,没有一个自己的湖!"

这时候我说:

"我当然有一个湖!难道屋脊湖不是湖?"

"哈哈,那不是你一个人的湖,那湖属于吵闹村所有的人,"安娜说,"是你的,同样也是我的。""哈哈,我实际上有两个湖。"她说。

这时候我生气了,当天我不再跟她玩了。但是第二天我们约定,不再争论是谁的湖,因为我们大家都可以在北院湖里游

泳，在屋脊湖里捕捉小龙虾。除了我们吵闹村的人，谁也不准在那里捕捉小龙虾，这一点我觉得很好。

  八月份我们才开始捕虾。开始捕虾那天，跟平安夜一样开心。因为那天，吵闹村所有的孩子，当然不包括夏士婷，都可以跟着爸爸、尼尔斯叔叔和埃里克叔叔到屋脊湖去捕虾。我们在那天晚上下好捕虾篓，我们还在森林里建茅草房，在那里过夜，早晨很早起床去收虾篓。收虾篓是所有活动中最开心的事情——我们夜里睡在森林里。因为屋脊湖离吵闹村很远，去那里的路很难走，爸爸说，回家睡一两个小时再回来不值得。多亏屋脊湖位于森林远处，不然的话妈妈肯定会说，你们还是回家睡我们自己的床好。

"我担心孩子们睡在那里会感冒。"妈妈每年都这么说。

"什么话呀。"这时候爸爸说。今年他也这么说。他说了这话以后,我们就可以走了。

要在森林里走五公里才能到达屋脊湖,到那里只有一条弯曲的羊肠小道。我们背了很多东西:虾篓、毯子以及装了很多东西的背包。不过不能叫苦喊累,因为爸爸说,叫苦喊累的不能跟着去捕捉小龙虾,夜里也不能睡在森林里。

我们一到屋脊湖,立即去看我们去年建的茅草房还有没有了。当发现只剩下一些枯枝败叶和其他破烂东西,我们立即把它们清除掉。布丽达、安娜和我新建的茅草房在一个大杉树底下,杉树枝几乎垂到地上。爸爸和埃里克叔叔给我们砍掉杜松

子树丛，以便有一个开口，供我们进出。我们还在地上铺了很多杉树枝，夜里我们睡在上面。

我们建好了自己的茅草房以后，就去看男孩子们的。他们的茅草房建在一个山缝里，他们在上面盖上树杈和杉树枝当屋顶。当然他们也睡在杉树枝上。

"真够美的，有了这个茅草房总算可以躲开小妞们。"我们到那里的时候拉赛说。

布赛和乌勒也说，躲开小妞们真是太好了。

"随便吧，"布丽达说，"还不错，我们的茅草房比这个破烂房强多了。"

这时候拉赛、布赛和乌勒笑着说，他们非常可怜我们，因为我们一点儿也不知道怎么建茅草房。我们还没有想出回击他们的好办法，尼尔斯叔叔就喊叫我们，让我们去帮助修虾篓。虾篓是网做的，每年都要修补一下。上面这里或者那里总是有一些大洞，要把洞补上，免得虾从那里爬出去。

我们坐在湖边的一块大石头上，一边用绳子补虾篓一边说话，特别有意思。太阳很快就要落山了，湖的周围美丽而宁静。当然是我们不说话的时候。

"屋脊湖是一个很好的湖。"爸爸说。

埃里克叔叔正从我们停泊在屋脊湖里的两艘小船上往外舀水，船里边积了很多水。尼尔斯叔叔和爸爸在虾篓里放上食

饵。当一切准备就绪以后,我们就乘小船沿着湖边在水中布虾篓。我们有自己特殊的地方,我们每年都在那里布虾篓。

当我们沿湖转了一圈、布好虾篓以后,夜幕开始降临。这时候安娜捏了我胳膊一下说:

"这比平安夜好像还有意思。"

我也这样认为。因为天黑了以后,爸爸在那块大石头上点燃了篝火,他每次都这样做。我们大家坐在篝火周围,掏出装热巧克力的暖水瓶,一边喝巧克力一边吃三明治。篝火映在水面上,好像湖中心也燃烧着篝火,周围的森林里异常的黑和宁静。拉赛说:

"我听到妖魔在周围的树木之间走来走去。"

安娜和我害怕了。不过安娜说:

"嗨,没有什么妖魔。"

但是我们还是不由自主地去听,想听一听妖魔在我们周围黑暗中走路的声音。我们什么也没听到,我们把这个情况告诉了拉赛。

"当然听不到,因为它们的脚底长着毛,"拉赛说,"它们一声不响地偷偷过来,站在树木后边看着我们。"

"哎呀,它们当然没有。"我说,我又向安娜靠近一点儿。

"当然有,"拉赛说,"整个森林里到处是妖魔的眼睛,此时它们正盯着我们瞧。但是它们不敢出来,因为它们害怕我们的篝火。"

这时候爸爸说,拉赛不要坐在这里,用虚假的东西吓唬小姑娘们。爸爸又往篝火上加了一些树枝,篝火烧得更旺更好看。我不相信什么妖魔,但是为了以防万一,我还是爬到爸爸的膝盖上,这时候安娜也走过去,坐到埃里克叔叔的膝盖上。埃里克叔叔给我们吹口哨,他吹得非常好听。他可以吹得像一只鸟儿叫,如果他愿意。

我想,如果森林里真有妖魔,它们肯定会想,我们为什么坐在篝火周围,三更半夜里听埃里克叔叔吹口哨。

他们也讲故事,尼尔斯叔叔、爸爸和埃里克叔叔。我们不

停地笑,因为他们讲的故事都很有意思。拉赛、布赛和乌勒拿着手电筒到湖边去找龙虾。他们找到了23个,把它们放在铁桶里。拉赛对布赛和乌勒说:

"如果小姐们听话表现好,我们明天晚上可以请她们参加龙虾宴。"

"好,不过当然要看她们的表现情况。"布赛说。

"她们一定要表现得非常好。"乌勒说。

当篝火快要熄灭时,埃里克叔叔说,大家该去睡觉了。爸爸们没有茅草房,他们裹着毯子睡在篝火周围。布丽达、安娜和我爬进我们的杉树底下,也裹上毯子想睡觉。但是这时候我们听见外边有脚步声。我高声说:

"是谁?"

"一个妖魔。"拉赛竭力用吓人的声音说。我们从杉树枝上的门往外看,看见男孩子们站在外边,手里拿着手电筒照,他们说想看我们的茅草房,然后他们就一个接一个地爬进来。我们坐在一起很挤。男孩子们说,我们有一个相当不错的茅草房。当然没有他们的好。然后他们又爬出去,拉赛说:

"一个相当温馨的茅草房,真是这样。但是不防妖!"

男孩子们走了,我们想方设法睡觉。开始时我们讲了几句话,但是夜里在森林里讲话声音特别奇怪,就像有人站在外面的黑暗里偷听。

我相信，布丽达和安娜在我之前老早就睡着了。我躺了很久，听着森林里的涛声，涛声很小。浪花慢慢地拍打着湖岸。非常奇怪——此时我不知道我是伤心还是高兴。我躺在那里，极力想搞清楚，我是伤心还是高兴，但是做不到。可能人睡在森林里就会变得有点儿奇怪。

早晨4点钟的时候爸爸过来叫醒我们。这时候我很高兴，尽管我冻得像一条狗。太阳升起来了，我们从茅草房里爬出来，双手交叉抱住身体，爸爸给我们热巧克力喝。湖面上笼罩着薄雾，但是很快就消失了。爸爸、拉赛、布赛和我乘一只小船，埃里克叔叔、尼尔斯叔叔、乌勒、布丽达和安娜乘另一只小船，我们划着船去收虾篓。

很多人从来没有机会在湖里划着小船，早晨4点钟去收虾篓，我真的很可怜他们。

几乎所有的虾篓都爬满了小龙虾。拉赛和布赛什么样的龙虾都敢抓，但是我不敢。布赛抓了一只虾，坐着看它，突然他又把它放回湖里。

"你是不是疯了？"拉赛高声说，"你坐在那儿往湖里扔虾？"

"它的眼睛显得特别忧伤。"布赛说。

"你真是愚蠢，"拉赛说，"它很快就会溜走，去给湖里其他的虾通风报信，我们今年就捕捉不到虾了。你为什么要把

它放走?"

"它的眼睛显得特别忧伤。"布赛又说了一遍。

这时我们正好碰到另一只小船,我们高声对乌勒、布丽达和安娜说:

"你们捉到很多龙虾吧?"

"几乎整条船都装满了。"乌勒高声说。

于是我们把船划回我们的宿营地,把所有的虾都倒进两个平时盛脏衣服的大篮子里,盖上盖儿。我们包好我们在宿营地的一切东西,然后起程回吵闹村。青草上带着露珠,露珠像钻石一样闪闪发亮。我们还不时地看到树枝上挂着蜘蛛网,我又困又饿,双脚湿透,但是非常非常高兴。因为大家排成一队,带着很多虾,走在小路上,特别有意思。埃里克叔叔打着口哨,我们唱着歌。

猎人,
到绿色的森林去狩猎。

我们唱。突然拉赛喊叫起来:

"我看到吵闹村的炊烟了!"

这时候我们大家一齐看森林上空升起的炊烟。烟是从三家烟囱冒出来的。我们知道,北院、中院和南院的人都起床了。

当我们又走了一段路以后,我们看到了整个吵闹村。太阳照在玻璃窗上闪闪发亮,真是好看极了。

"我觉得那些没有住处的人很可怜。"我对安娜说。

"我觉得那些没有住在吵闹村的人很可怜。"安娜说。

爷爷早就起床了,他坐在北院外面草地的榆树下。当他听见我们走过来时,高声喊:

"屋脊湖今年有龙虾吗?"

这时候埃里克叔叔说,很多很多,爷爷大概从来没见过这么多。这时候爷爷说:

"哈哈呀呀,真气人,我年轻的时候从屋脊湖捞不上多少龙虾。"

我们坐在爷爷身边的草地上,告诉他我们捞虾捞得有多么高兴。拉赛打开铁筒,里边有男孩子们自己的小龙虾,他让爷爷听里边的龙虾。龙虾缠在一起爬来爬去的时候,发出"沙沙"特别的响声。爷爷满意地笑着说:

"哈哈,听起来像是龙虾,我不会听错。"

这时候拉赛说:

"爷爷,今天晚上我们能在你那里举行龙虾宴吗?"

"哈哈,呀呀!你们当然可以。"爷爷说。

~译者后记~

我完成了瑞典著名儿童文学作家林格伦作品系列的第八卷《我们都是吵闹村的孩子》的翻译工作后,心里特别高兴,回想起翻译林格伦的作品完全出于偶然。1981年我去瑞典斯德哥尔摩大学留学,主要是研究斯特林堡。斯氏作品的格调阴郁、沉闷,男女人物生死搏斗、爱憎交织,读完以后心情总是很郁闷,再加上远离祖国、想念亲人,情绪非常低落。我吃不好饭,睡不好觉,每天不知道想干什么,想要什么,有时候故意在大雨中走几个小时。几位瑞典朋友发现我经常有意无意地重复斯特林堡作品中的一些话。斯特林堡产生过精神危机,他们对我也有些担心,因为一个人整天埋在斯特林堡的有着多种矛盾和神秘主义色彩的作品中很容易受影响。他们建议我读一些儿童文学作品,换一换心情。我跑到书店,买了一本林格伦的《长袜子皮皮》,我一下子被崭新的艺术风格和极富人物个性的描写所吸引。我一边读一边笑,觉得自己浑身充满了力量。我好像跟皮皮一样,能战胜马戏团的大力士,比世界上最强壮的警察还有力量,愤怒的公牛和咬人的鲨鱼肯定不在话下。由于

职业的关系，我读完一遍以后开始翻译这本书，一个暑假就完成了。从此，翻译林格伦的书几乎成了我的主业。

我第一次见到林格伦是在1981年秋天，是由给我奖学金的瑞典学会安排的。她的家在达拉大街46号，对面是运动场，旁边有森林和草地。当时女作家还算年轻（74岁），亲自给我煮咖啡。我们谈了儿童文学和儿童教育问题。1984年我从瑞典回国，她表示希望到中国看看。这个消息传出以后，瑞典—中国友好协会和瑞典驻中国大使馆立即表示，什么时候都可以安排。不过医生认为，路途太遥远，不宜来华访问，因此未能成行。但是她对我说，由于她的作品被译成中文，她开始关注中国的事情。1997年她已经90岁高龄，并且双目失明，在一般情况下她已经不再接待来访者，但当她听说我到了斯德哥尔摩以后，一定要见一见。当时我和我的夫人都很感动，在友人的帮助下，我们一起合影留念。2000年秋我去斯德哥尔摩的时候，朋友告诉我，她的身体已经很不好，大部分记忆消失，已经认不出人了。但是圣诞节的时候，我仍然收到了以她的名义寄来的贺卡。

不知什么原因，我和林格伦女士一见如故。她曾开玩笑说，可能是我们都出生在农民家庭。1984年我回国以后一直与她保持联系，有时候她还把我写给她的信寄到报社去发表。1994年，当她得知我翻译时还用手写的时候，立即给我寄来

10000克朗，让我买一台电脑。我和她虽然相隔几千公里，但我和我的家人时刻惦记着她，希望她健康长寿。

  我已经把林格伦的主要作品和一部分由她的作品改编成的电影译成中文，断断续续用了20年的时间。作品中的故事大都发生在20世纪上半叶，作家笔下的风俗、习惯、传统、民谣、器物等，现代人都比较陌生了。我在翻译中遇到的问题，除了作家本人亲自给我讲解以外，还得到很多瑞典朋友的帮助，如罗多弼和列娜夫妇、林西莉女士、韩安娜小姐、史安佳女士和隆德贝父女等，在此对他们表示深深的感谢。希望我的拙译能给小读者们和他们的父母带来愉悦，并增加对这个北欧国家儿童生活的了解。

永远的皮皮
永远的林格伦

中国少年儿童新闻出版总社隆重推出——

国际安徒生奖获得者
瑞典童话大师林格伦儿童文学全集

长袜子皮皮　淘气包埃米尔　小飞人卡尔松　大侦探小卡莱　米欧，我的米欧

狮心兄弟　吵闹村的孩子　疯丫头马迪根　绿林女儿罗妮娅　海滨乌鸦岛

叮当响的大街　铁哥们儿擒贼记　小小流浪汉　姐妹花

中国最著名的瑞典文学翻译家李之义先生，曾荣获瑞典国王颁发的"北极星勋章"。他用近30年的时间完成了林格伦儿童文学全集的翻译，其译作准确生动、风趣幽默，深受中国孩子喜欢。